戦《せん》国《ごく》武《ぶ》将《しょう》物《もの》語《がたり》

大《だい》決《けっ》戦《せん》！関《せき》ヶ《が》原《はら》

小《お》沢《ざわ》章《あき》友《とも》／作《さく》　甘《あま》塩《じお》コメコ／絵《え》

講談社 青い鳥文庫

もくじ

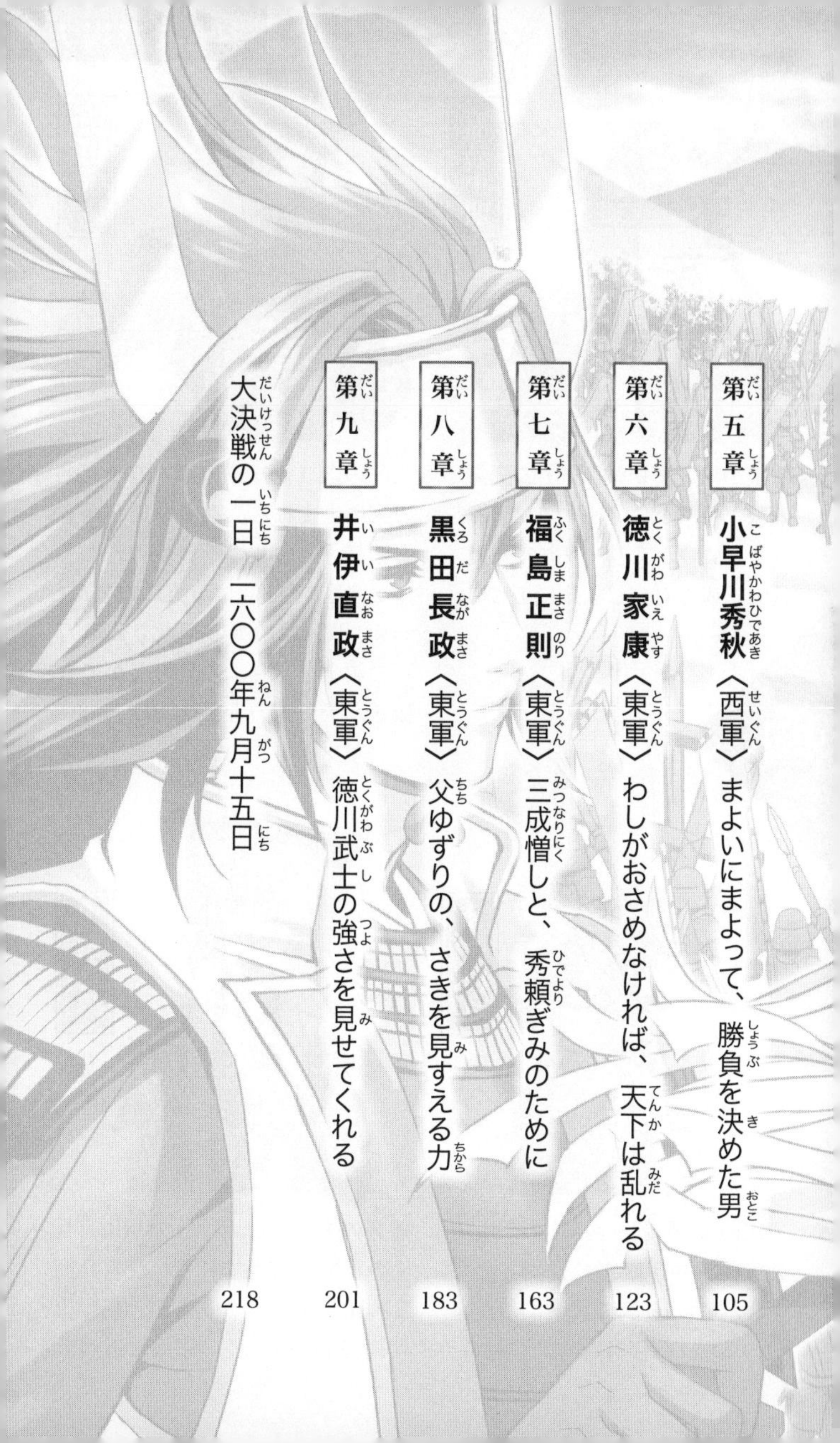

東軍《とうぐん》

福島正則《ふくしままさのり》

尾張《おわり》の国《くに》（愛知県西部《あいちけんせいぶ》）の桶屋《おけや》の家《いえ》に生《う》まれる。小姓《こしょう》のころから秀吉《ひでよし》につかえる。秀吉《ひでよし》の死後《しご》、石田三成《いしだみつなり》と対立《たいりつ》し家康《いえやす》に近《ちか》づく。

徳川家康《とくがわいえやす》

三河《みかわ》の国《くに》（愛知県東部《あいちけんとうぶ》）の小大名《しょうだいみょう》の家《いえ》に生《う》まれる。織田信長《おだのぶなが》と同盟《どうめい》を結《むす》び、その死後《しご》、豊臣秀吉《とよとみひでよし》にもつかえる。その間《かん》に着実《ちゃくじつ》に力《ちから》をたくわえ、関ヶ原《せきがはら》の戦《いくさ》の時点《じてん》で250万《まん》石《ごく》の領土《りょうど》をもち、大名《だいみょう》のなかでも抜《ぬ》きんでた実力者《じつりょくしゃ》となる。

井伊直政《いいなおまさ》

遠江《とおとうみ》の国《くに》（静岡県西部《しずおかけんせいぶ》）で今川氏《いまがわし》の家臣《かしん》、井伊直親《いいなおちか》の長男《ちょうなん》として生《う》まれる。15歳《さい》で家康《いえやす》につかえ父《ちち》の本領《ほんりょう》・井伊谷《いいのや》を与《あた》えられる。

黒田長政《くろだながまさ》

播磨《はりま》の国《くに》（兵庫県西部《ひょうごけんせいぶ》）で黒田官兵《くろだかんべ》衛《え》の長男《ちょうなん》として生《う》まれる。父《ちち》、官兵衛《かんべえ》とともに秀吉《ひでよし》につかえるが、朝鮮出《ちょうせんしゅっ》兵後《へいご》、三成《みつなり》と対立《たいりつ》し、家康《いえやす》に近《ちか》づく。

西軍《せいぐん》

宇喜多秀家《うきたひでいえ》

備前《びぜん》の国《くに》（岡山県南東部《おかやまけんなんとうぶ》）で宇喜多《うきた》直家《なおいえ》の次男《じなん》として生《う》まれる。秀吉《ひでよし》のもとで育《そだ》ち、元服後養子《げんぷくごようし》になった。豊臣家《とよとみけ》の重要《じゅうよう》な家臣《かしん》のひとり。

石田三成《いしだみつなり》

近江《おうみ》の国《くに》（滋賀県《しがけん》）の下級武士《かきゅうぶし》の家《いえ》に生《う》まれる。小姓《こしょう》として秀吉《ひでよし》につかえ、のちに側近《そっきん》となりしだいに豊臣家《とよとみけ》のなかで台頭《たいとう》していく。

大谷吉継《おおたによしつぐ》

近江《おうみ》の国《くに》で生《う》まれる。三成《みつなり》と同時期《どうじき》に秀吉《ひでよし》につかえはじめ、その武勇《ぶゆう》を秀吉《ひでよし》に買《か》われる。

小早川秀秋《こばやかわひであき》

近江《おうみ》の国《くに》で生《う》まれる。おさないころに秀吉《ひでよし》の養子《ようし》となり、あとつぎ同然《どうぜん》に育《そだ》てられるが、のちに小早川家《こばやかわけ》の養子《ようし》に出《だ》される。

島津義弘《しまづよしひろ》

薩摩《さつま》の国《くに》（鹿児島県西部《かごしまけんせいぶ》）の大名《だいみょう》、島津氏《しまづし》の16代当主義久《だいとうしゅよしひさ》の弟《おとうと》。兄《あに》を助《たす》け、島津家《しまづけ》を大《おお》きくした。九州統一《きゅうしゅうとういつ》を目前《もくぜん》にして、秀吉《ひでよし》に降伏《こうふく》し、つかえるようになる。

関《せき》ヶ《が》原《はら》東《とう》西《ざい》両《りょう》軍《ぐん》布《ふ》陣《じん》図《ず》

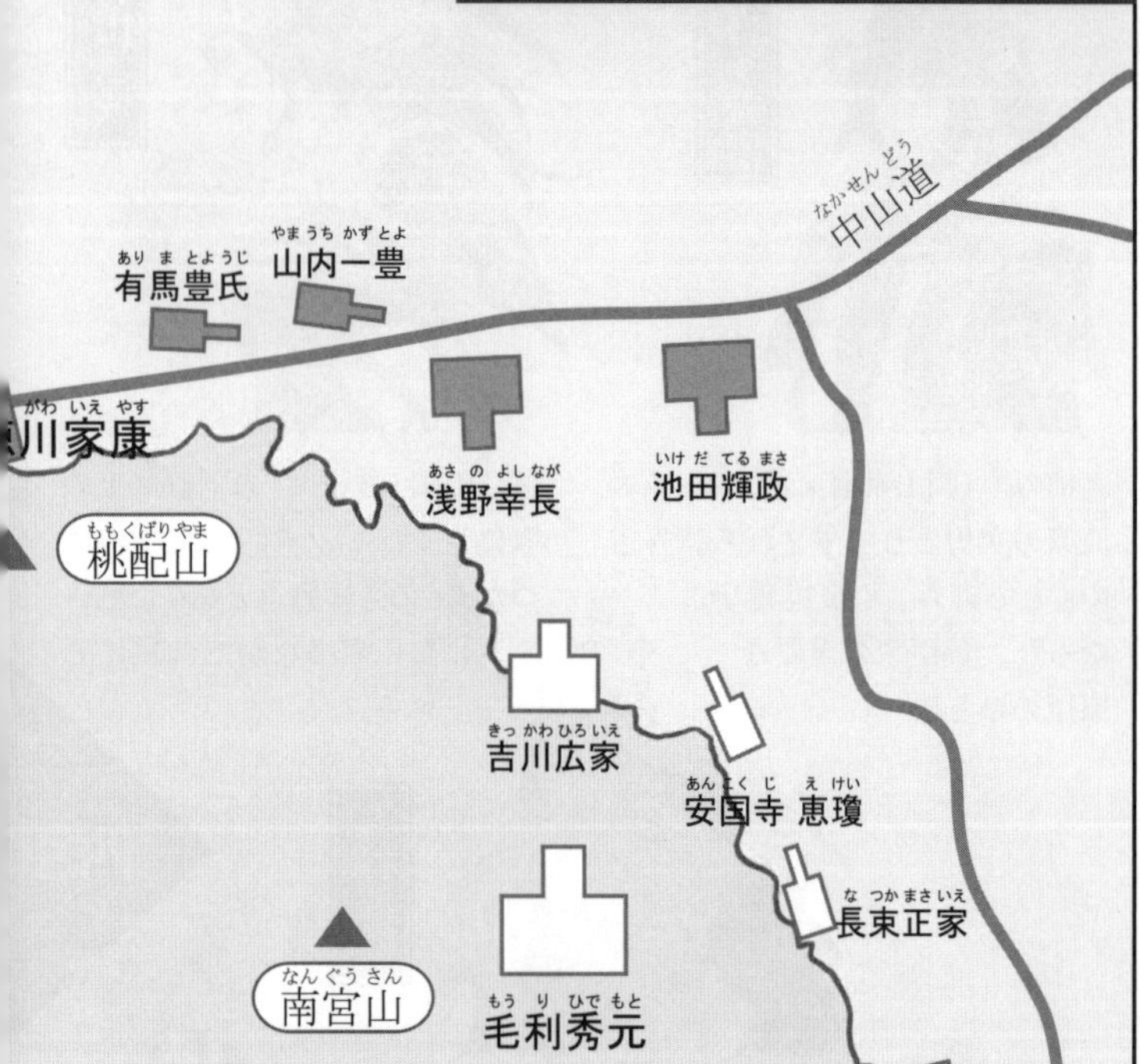

伊吹山《いぶきやま》へ
笹尾山《ささおやま》
北国街道《ほっこくかいどう》
石田三成《いしだみつなり》
丸山《まるやま》
古田重勝《ふるたしげかつ》
島左近《しまさこん》
島津義弘《しまづよしひろ》
豊臣兵《とよとみへい》
蒲生郷舎《がもうさといえ》
黒田長政《くろだながまさ》
織田長益《おだながます》
金森長近《かなもりながちか》
北天満山《きたてんまやま》
島津豊久《しまづとよひさ》
細川忠興《ほそかわただおき》
生駒一正《いこまかずまさ》
加藤嘉明《かとうよしあき》
小西行長《こにしゆきなが》
南天満山《みなみてんまやま》
井伊直政《いいなおまさ》
筒井定次《つついさだつぐ》
宇喜多《うきた》 秀家《ひでいえ》
松平忠吉《まつだいらただよし》
大谷吉継《おおたによしつぐ》
田中吉政《たなかよしまさ》
寺沢広高《てらざわひろたか》
戸田重政《とだしげまさ》・平塚為広《ひらつかためひろ》
赤座直保《あかざなおやす》
福島正則《ふくしままさのり》
本多忠勝《ほんだただかつ》
藤堂高虎《とうどうたかとら》
小川祐忠《おがわすけただ》
大谷吉治《おおたによしはる》・木下頼継《きのしたよりつぐ》
朽木元綱《くつきもとつな》
京極高知《きょうごくたかとも》
脇坂安治《わきざかやすはる》
小早川《こばやかわ》 秀秋《ひであき》
松尾山《まつおやま》

第《だい》一章《しょう》

石《いし》田《だ》三《みつ》成《なり》〈西軍《せいぐん》〉

大志《たいし》をいだいて、天下《てんか》を守《まも》れ

「あっ。」

医師《いし》が声《こえ》をあげたのは、慶長《けいちょう》三年《ねん》(一五九八年《ねん》)八月十八日《がつ にち》の深夜《しんや》だった。

「太閤《たいこう》さまが、お亡《な》くなりになっておられまする。」

ずっと病状《びょうじょう》がすぐれずに、ようやくねむりについたと思《おも》われた太閤《たいこう》、豊臣秀吉《とよとみひでよし》が、いつのまにか息《いき》をひきとっていたのだ。くるしむ声《こえ》ひとつなく、すうっと、ねむるように死《し》んだために、伏見城《ふしみじょう》の病室《びょうしつ》につめていた、だれも気《き》づかなかったのである。

石田三成《いしだみつなり》は、枕《まくら》もとに近寄《ちかよ》った。

(ほんとうに、亡《な》くなられたのか……。)

目《め》をとじて、口《くち》をうすくひらいている、六十二歳《さい》の秀吉《ひでよし》の顔《かお》を、三成《みつなり》は見《み》つめた。

生《い》きているときは、なによりもにぎやかなことが好《す》きで、からからと大声《おおごえ》で笑《わら》い、ざれごとをゆたかな表情《ひょうじょう》でしゃべっていたのに、いま息《いき》たえたその顔《かお》は、あまりにもしずかだった。全国《ぜんこく》の大名《だいみょう》たちを、おろか者《もの》めっ、と一喝《いっかつ》し、ふるえあがらせたその声《こえ》は、もはや二度《にど》と発《はっ》せられないのだ。

(秀吉《ひでよし》さま。)

三成《みつなり》は、秀吉《ひでよし》のなきがらにすがって、泣《な》きさけびたかった。その死《し》を、ぞんぶんに、なげきたかった。しかし、いま、それをしてはならなかった。こみあげてくる悲《かな》しみを、ぐっとこらえて、三成《みつなり》はいった。

「おのおのがた。」

秀吉《ひでよし》のまわりにあつまってきた者《もの》たちに向《む》かって、三成《みつなり》は、冷静《れいせい》な口調《くちょう》でいった。

「秀吉《ひでよし》さまがお亡《な》くなりあそばしたこと、いっさい口外《こうがい》してはなりませぬぞ。」

その声《こえ》は、秀吉《ひでよし》にその才知《さいち》をこよなく愛《あい》され、もっとも信頼《しんらい》のあつかった奉行《ぶぎょう》として、豊臣家《とよとみけ》の政務《せいむ》をつかさどってきた切《き》れ者《もの》、石田三成《いしだみつなり》の声《こえ》だった。

三成《みつなり》のことばに、前田玄以《まえだげんい》、増田長盛《ましたながもり》、浅野長政《あさのながまさ》、長束正家《なつかまさいえ》ら、四人《にん》の奉行《ぶぎょう》たちは、顔《かお》を見《み》あわせて、うなずいた。

なぜ、秀吉《ひでよし》の死《し》が、世間《せけん》に知《し》られてはならなかったのか。

それは、朝鮮《ちょうせん》で戦《いくさ》をつづけている、加藤清正《かとうきよまさ》、小西行長《こにしゆきなが》らの武将《ぶしょう》と十四万《まん》の兵《へい》を、いそいで日本《にっぽん》へ帰還《きかん》させなくてはならなかったからだ。もしも、秀吉《ひでよし》の死《し》が敵国《てきこく》である明《みん》や朝鮮《ちょうせん》に知《し》られたなら、ぶじに帰還《きかん》させることは困難《こんなん》になる。

(泣《な》いてなど、おれぬ。)

三成《みつなり》の頭《あたま》に、ひとつの顔《かお》がうかんだ。

秀吉《ひでよし》につかえる大名《だいみょう》たちのなかで、ずばぬけた力《ちから》をもつ、内府《ないふ》(内大臣《ないだいじん》)にして、豊臣家《とよとみけ》の筆《ひっ》頭大老《とうたいろう》である、関東八州《かんとうはっしゅう》二百五十万石《まんごく》の徳川家康《とくがわいえやす》の顔《かお》だった。

(これから、あやつとの戦《いくさ》がはじまるのだ。)

三成《みつなり》はそう思《おも》い、くちびるをひきしめた。

夜明《よあ》けに、こまかい雨《あめ》が降《ふ》りはじめた。

六十一年《ねん》の生涯《しょうがい》を終《お》えた秀吉《ひでよし》のなきがらは、めだたない駕籠《かご》におさめられ、ひそかに、ふたりの供《とも》につきそわれて、京《きょう》の阿弥陀ケ峰《あみだがみね》にはこばれることになった。秀吉自身《ひでよしじしん》が、もしもわしが死《し》んだら、そうするようにと、遺言《ゆいごん》していたのである。

(なんという、わびしい弔《とむら》いか。)

それは、農民《のうみん》の子《こ》から天下人《てんかびと》にまでのぼりつめ、なにごとも派手《はで》に、派手《はで》にとおこない、全国《ぜんこく》六十余州《よしゅう》の二百あまりの大名《だいみょう》たちを、力《ちから》でしたがえてきた、豊臣秀吉《とよとみひでよし》の、あまりにもさびしい弔《とむら》いだった。

雨《あめ》が降《ふ》りしきるなか、なきがらを見《み》おくりながら、三成《みつなり》は、それまでこらえていた熱《あつ》い涙《なみだ》を流《なが》した。

（おいたわしや、秀吉《ひでよし》さま。）
三成《みつなり》にとって、秀吉《ひでよし》は、天下人《てんかびと》であると同時《どうじ》に、かけがえのない主君《しゅくん》であり、偉大《いだい》な師《し》であり、自分《じぶん》を育《そだ》ててくれた父親《ちちおや》だった。

三成《みつなり》と秀吉《ひでよし》の出会《であ》いは、天正《てんしょう》二年《ねん》（一五七四年《ねん》）のことだった。

『武将感状記《ぶしょうかんじょうき》』によると、秀吉《ひでよし》は織田信長《おだのぶなが》の家臣《かしん》として、近江長浜《おうみながはま》（現在《げんざい》の滋賀県長浜市《しがけんながはまし》）十二万石《まんごく》の大名《だいみょう》になり、伊吹山《いぶきやま》に鷹狩《たかが》りに行《い》った帰《かえ》り、観音寺《かんのんじ》という寺《てら》に立《た》ち寄《よ》った。

「のどがかわいた。茶《ちゃ》をくれ。」

秀吉《ひでよし》がいうと、ひとりの寺小姓《てらこしょう》が、大《おお》きな茶碗《ちゃわん》に、たっぷりと入《はい》った、ぬるい茶《ちゃ》をもってきた。

秀吉《ひでよし》は、ぐいっと、ひといきに飲《の》みほした。

「もう、一服《いっぷく》。」

秀吉《ひでよし》がいうと、その寺小姓《てらこしょう》は、少《すこ》し熱《あつ》くした茶《ちゃ》を、大《おお》きな茶碗《ちゃわん》の半分《はんぶん》ほどに入《い》れて、もってきた。

それをゆっくり飲《の》むと、秀吉《ひでよし》はいった。

「もう、一服《いっぷく》。」

すると、寺小姓《てらこしょう》は、小《ちい》さな茶碗《ちゃわん》に、熱《あつ》い茶《ちゃ》を少《すこ》しだけ入《い》れて、もってきた。秀吉《ひでよし》は、それをじっくりと味《あじ》わって飲《の》んだあと、たずねた。

「そちの名《な》は？」

寺小姓《てらこしょう》はかしこまって、こたえた。

「石田村《いしだむら》の、石田正継《いしだまさつぐ》の子《こ》で、佐吉《さきち》と申《もう》しまする。」

「歳《とし》は？」

「十五でござりまする。」

秀吉《ひでよし》は大《おお》きくうなずいた。そして、帰《かえ》りぎわ、観音寺《かんのんじ》の住持《じゅうじ》にたのんだ。

「わしに茶《ちゃ》をもってきたあの子《こ》をもらいうけても、よいか。」

「佐吉《さきち》を、でございますか？」

「うむ。」

秀吉《ひでよし》はいった。

「あの子《こ》は、わしがひどくのどがかわいているのを察《さっ》して、一杯《ぱい》めは、ぬるくて飲《の》みやすい茶《ちゃ》を大《おお》きな茶碗《ちゃわん》にたっぷりと入《い》れて、もってきた。わしがそれを飲《の》みほすと、二杯《はい》めには、少《すこ》し熱《あつ》い茶《ちゃ》を今度《こんど》は半分《はんぶん》だけ入《い》れて、もってきた。三杯《ばい》めには、じっくりと茶《ちゃ》が味《あじ》わえるように、小《ちい》さな茶碗《ちゃわん》に熱《あつ》い茶《ちゃ》を入《い》れて、もってきた。」

秀吉《ひでよし》は、茶《ちゃ》をさしだした佐吉《さきち》のこまやかな気配《きくば》りに、感心《かんしん》したのだ。この子《こ》は、みこみがある。そう思《おも》った秀吉《ひでよし》は、佐吉《さきち》を城《しろ》へつれていき、小姓《こしょう》として、自分《じぶん》のそばにつかえさせた。

佐吉《さきち》は、三成《みつなり》と名《な》をあらため、ほとばしるような才気《さいき》を愛《あい》され、「わしもかなり知恵《ちえ》のまわるほうだが、三成《みつなり》はそれにおとらぬ。」と秀吉《ひでよし》にいわせるまでに、成長《せいちょう》した。

そして、天正《てんしょう》十三年《ねん》（一五八五年《ねん》）、秀吉《ひでよし》が関白《かんぱく》となったときに、二十六歳《さい》の三成《みつなり》は、従五位《じゅごい》下治部少輔《げじぶのしょう》となり、豊臣家《とよとみけ》をささえる五奉行《ごぶぎょう》のひとりとなった。さらには、文禄《ぶんろく》四年《ねん》（一五九五年《ねん》）、近江佐和山《おうみさわやま》（現在《げんざい》の滋賀県彦根市《しがけんひこねし》）城主《じょうしゅ》、十九万《まん》四千石《ごく》の大名《だいみょう》となっていったのである。

秀吉《ひでよし》のなきがらをはこぶ一行《いっこう》が、雨《あめ》の向《む》こうに消《き》えていくと、三成《みつなり》はため息《いき》をついて、家臣《かしん》にいった。

「徳川《とくがわ》どのの屋敷《やしき》に行《い》け。秀吉《ひでよし》さまがみまかられたと、告《つ》げよ。」

「はっ。」

家臣《かしん》はけげんな顔《かお》をした。奉行《ぶぎょう》たちには、口外《こうがい》するなといいながら、なにゆえ、これまでなにかと敵対《てきたい》してきた家康《いえやす》に知《し》らせるのか。

「徳川《とくがわ》さまに知《し》らせても、よいのでございますか。」

家臣《かしん》はたずねた。

「よい。徳川《とくがわ》どのは、筆頭大老《ひっとうたいろう》なのだからな。」

三成《みつなり》はこたえた。

本音《ほんね》をいえば、徳川家康《とくがわいえやす》にだけは、秀吉《ひでよし》の死《し》を知《し》られたくなかった。秀吉《ひでよし》にしたがっていた数《かず》ある大名《だいみょう》のなかで、その死《し》をもっともよろこぶのが家康《いえやす》だと、わかっていたからだ。

――実直《じっちょく》な徳川《とくがわ》どの。

そういわれるほど、家康《いえやす》は、ひたすら実直《じっちょく》に、秀吉《ひでよし》をささえてきた。

(だが、それは家康《いえやす》の本心《ほんしん》ではない。太閤《たいこう》が生《い》きているあいだは、借《か》りてきた猫《ねこ》のようにおとなしくしてきたが、これからは、がらりと変《か》わる。つぎの天下人《てんかびと》は自分《じぶん》だと、虎《とら》のきばをむきだしてくるだろう。)

三成《みつなり》は、みずからに問《と》うた。

(では、それがわかっていて、わたしは、なぜ家康《いえやす》に、秀吉《ひでよし》さまの死《し》を知《し》らせるのか。)

それにはわけがあった。三成《みつなり》は家康《いえやす》に向《む》かって、こう、いいたかったのである。

――よいか、家康《いえやす》。秀吉《ひでよし》さまは亡《な》くなった。だが、そなたがどう動《うご》こうと、豊臣家《とよとみけ》は、わたしが守《まも》る。おさない秀頼《ひでより》ぎみをささえて、天下《てんか》は、だんじて、そなたにはわたさぬ。

それは、三成《みつなり》にとっての、あらたな戦《いくさ》のはじまりだった。三成《みつなり》は、秀吉《ひでよし》の死《し》を知《し》らせることで、家康《いえやす》と真《ま》っ向《こう》から戦《たたか》うという強《つよ》い気持《きも》ちを、家康《いえやす》につたえようとしたのだ。

八月《がつ》二十五日《にち》。

家康《いえやす》ともうひとりの大老《たいろう》である前田利家《まえだとしいえ》により、三成《みつなり》は、命《めい》じられた。

――朝鮮《ちょうせん》にのこっている武将《ぶしょう》たちを、日本《にっぽん》へもどす手配《てはい》をせよ。

三成《みつなり》は、すぐに博多《はかた》へおもむいた。

(十四万《まん》の兵《へい》を、ぶじに、日本《にっぽん》へつれかえるには、どれほどの船《ふね》が必要《ひつよう》か。)

三成《みつなり》はこまかく計算《けいさん》し、あわせて三百隻《せき》のひきあげ船《せん》をすばやく調達《ちょうたつ》し、ただちに朝鮮《ちょうせん》の釜山《プサン》へ向《む》かわせた。こうして、釜山《プサン》から、ぞくぞくと兵士《へいし》たちが博多《はかた》へもどってきた。

十二月《がつ》までには、全軍《ぜんぐん》が、ぶじに博多《はかた》へ帰還《きかん》した。その手《て》ぎわのよさは、三成《みつなり》ならではのものだった。

(これで、よし。)

三成《みつなり》は胸《むね》をなでおろした。

博多《はかた》の港《みなと》に一同《いちどう》があつまったとき、浅野長政《あさのながまさ》が秀吉《ひでよし》の死《し》を告《つ》げた。

「おのおのがた、すでにご存《ぞん》じかもしれませぬが、太閤《たいこう》が亡《な》くなられた。」

朝鮮《ちょうせん》での、長《なが》い戦《いくさ》に疲《つか》れきっていた武将《ぶしょう》たちは、うすうす察《さっ》してはいたものの、あらためて、その死《し》を聞《き》かされると、ある者《もの》は、うおおっと泣《な》きさけび、ある者《もの》は、ため息《いき》をつき、ある者《もの》は、ぽたぽたと涙《なみだ》を流《なが》した。

「ご苦労《くろう》でござった。これより、伏見《ふしみ》へのぼられて、秀頼《ひでより》ぎみにあいさつされたあとは、それぞれ国元《くにもと》へもどられて、戦《いくさ》のご心労《しんろう》をいやされよ。」

長政《ながまさ》がそういったあと、三成《みつなり》がつづけた。

「来年《らいねん》、みなさまがたが国《くに》から上洛《じょうらく》されたおりには、茶会《ちゃかい》でもひらいて、ごちそうをさせていただきまする。」

それを聞《き》いて、加藤清正《かとうきよまさ》がすっくと立《た》ちあがり、三成《みつなり》をにらみつけた。

「よう、いうた、三成《みつなり》。われらは、この七年《ねん》のあいだ、朝鮮《ちょうせん》で二度《ど》も戦《いくさ》をして、ひとつぶの米《こめ》もなく、一滴《いってき》の酒《さけ》もない。ましてや、茶《ちゃ》など、ない。それゆえ、われらは、稗《ひえ》がゆでもたいて、もてなそうか。」

三成《みつなり》は、眉《まゆ》をひそめた。

清正《きよまさ》と三成《みつなり》とは、まさに犬猿《けんえん》の仲《なか》だった。清正《きよまさ》だけでなく、福島正則《ふくしままさのり》、加藤嘉明《かとうよしあき》ら、いわゆる豊臣家《とよとみけ》の「武断派《ぶだんは》」とよばれる武将《ぶしょう》たちと、同《おな》じ豊臣家《とよとみけ》の「文治派《ぶんちは》」といわれる三成《みつなり》とは、まったく、そりがあわなかった。

秀吉《ひでよし》が、観音寺《かんのんじ》から十五歳《さい》の三成《みつなり》をつれかえったとき、秀吉《ひでよし》には、子飼《こが》いの小姓《こしょう》たちがいた。「虎之助《とらのすけ》」こと加藤清正《かとうきよまさ》は、十三歳《さい》。「市松《いちまつ》」こと福島正則《ふくしままさのり》は、十四歳《さい》。「孫六《まごろく》」こと加藤嘉明《かとうよしあき》は、十二歳《さい》だった。

こよなく武勇《ぶゆう》を重《おも》んじる、気性《きしょう》の荒《あら》い清正《きよまさ》や正則《まさのり》と、ものごとを論理的《ろんりてき》に考《かんが》え、計理《けいり》に明《あか》るい、三成《みつなり》とは、なにかと対立《たいりつ》することになった。

秀吉《ひでよし》が天下《てんか》をとるまでは、戦《いくさ》につぐ戦《いくさ》で、清正《きよまさ》たちは、「七本槍《しちほんやり》」の荒武者《あらむしゃ》として武名《ぶめい》をあげてきた。その結果《けっか》、清正《きよまさ》は肥後《ひご》十九万《まん》五千石《ごく》の大名《だいみょう》となり、正則《まさのり》は尾張清洲《おわりきよす》二十四万石《まんごく》の大名《だいみょう》となった。

しかし、秀吉《ひでよし》が天下《てんか》をとってしまうと、清正《きよまさ》ら武断派《ぶだんは》にかわって、三成《みつなり》ら文治派《ぶんちは》の奉行衆《ぶぎょうしゅう》が、より力《ちから》をもつようになったのだ。

武勇《ぶゆう》よりも、知恵《ちえ》を。弓矢《ゆみや》や槍《やり》のはたらきよりも、天下《てんか》のまつりごとをたくみにおこなう能力《のうりょく》のほうが、秀吉《ひでよし》にとっては、必要《ひつよう》なものになってきたのだ。奉行《ぶぎょう》たちのなかでも、才知《さいち》にたけた三成《みつなり》を、秀吉《ひでよし》は重用《ちょうよう》した。

三成《みつなり》は、その期待《きたい》にこたえ、全国《ぜんこく》の検地《けんち》を厳正《げんせい》におこない、堺《さかい》や博多《はかた》の奉行《ぶぎょう》となって、骨身《ほねみ》をおしまずはたらいた。

——三成《みつなり》、どう思《おも》う？　どうするべきかな？

秀吉《ひでよし》は、なにごとにつけても、三成《みつなり》の意見《いけん》を聞《き》くようになった。

——おそれながら、それは、こうしたほうがよいかと、存《ぞん》じあげまする。

三成《みつなり》は、明快《めいかい》な論理《ろんり》で、こたえた。

——さようか。ならば、そういたそう。

ほとんどの場合《ばあい》、秀吉《ひでよし》は三成《みつなり》のことばどおりにするようになった。しかし、その結果《けっか》、三成《みつなり》は、秀吉《ひでよし》に讒言《ざんげん》（人《ひと》をおとしいれるために、ありもしないことを告《つ》げ口《ぐち》すること）をして、力《ちから》をふるう者《もの》と見《み》なされるようになった。

天正《てんしょう》十九年《ねん》（一五九一年《ねん》）、茶頭《さどう》である千利休《せんのりきゅう》に、死《し》を命《めい》じたこと。関白《かんぱく》をゆずった、甥《おい》で養《よう》子《し》となった秀次《ひでつぐ》を、文禄《ぶんろく》四年《ねん》（一五九五年《ねん》）、むほんの意思《いし》があるとして、切腹《せっぷく》させたこと。それらはすべて、三成《みつなり》の讒言《ざんげん》により、秀吉《ひでよし》が命《めい》じたと、見《み》なされたのである。

だが、三成《みつなり》は、讒言《ざんげん》など、したつもりはなかった。なによりも、すべては太閤秀吉《たいこうひでよし》のために、おこなってきたことだった。

秀吉《ひでよし》に深《ふか》く信頼《しんらい》されていたことで、三成《みつなり》は、秀吉《ひでよし》が生《い》きているあいだは、筆頭大老《ひっとうたいろう》の家康《いえやす》でさえ、えんりょするほどの強《つよ》い力《ちから》をもっていた。だが、たのみの秀吉《ひでよし》がいなくなったのだ。もはや、大名《だいみょう》たちは三成《みつなり》をおそれる必要《ひつよう》がなくなったのである。

博多港《はかたこう》での、憎《にく》しみにみちた清正《きよまさ》のことばは、まさしく、そのことをあらわしていた。

「太閤《たいこう》がいなくなり、このさき、どうなりますかな。」

石田家《いしだけ》の家老《かろう》である島左近《しまさこん》(清興《きよおき》)は、戦場《せんじょう》できたえられた野太《のぶと》い声《こえ》で、三成《みつなり》にいった。

そのころ三成《みつなり》は、こう、うたわれていた。

三成《みつなり》に、すぎたるもの、ふたつあり。
島《しま》の左近《さこん》に、佐和山《さわやま》の城《しろ》。

島左近《しまさこん》は、かつて大和郡山《やまとこおりやま》の城主《じょうしゅ》だった筒井順慶《つついじゅんけい》の侍大将《さむらいだいしょう》で、知略《ちりゃく》と合戦《かっせん》の天才《てんさい》といわれていた。順慶《じゅんけい》が三十六歳《さい》の若《わか》さで死《し》んだあと、浪人《ろうにん》となっていた左近《さこん》を、三成《みつなり》は、ぜひに、わがもとにきてほしい、家来《けらい》となってほしいと懇願《こんがん》した。

そのときの三成《みつなり》は、まだ近江水口《おうみみなくち》（現在《げんざい》の滋賀県甲賀市《しがけんこうかし》）の四万石《まんごく》の小大名《しょうだいみょう》にすぎなかったが、左近《さこん》に対《たい》しては、半分《はんぶん》の二万石《まんごく》を提示《ていじ》したのである。左近《さこん》は、三成《みつなり》の熱《あつ》い心《こころ》に感《かん》じ入《い》って、うなずいた。

その話《はなし》を聞《き》いて、秀吉《ひでよし》はからからと笑《わら》った。

——あるじと家臣《かしん》が同《おな》じ禄《ろく》とはのう。そなたらしいわい。

こうして、島左近《しまさこん》は三成《みつなり》にとって、自慢《じまん》の家来《けらい》となったが、琵琶湖《びわこ》のほとりにそびえていた佐《さ》和山城《わやまじょう》も、すぐれた城《しろ》だった。

佐和山城《さわやまじょう》は、五層《そう》の天守閣《てんしゅかく》に、本丸《ほんまる》、二の丸《まる》、三の丸《まる》、太鼓丸《たいこまる》、法華丸《ほっけまる》……とつづき、高《たか》い石《いし》垣《がき》、八重《やえ》の堀《ほり》、長《なが》い橋《はし》と、まさしく天下《てんか》にほこることのできる巨城《きょじょう》だった。しかし、その内装《ないそう》には、金銀《きんぎん》などきらびやかなものはいっさい使《つか》わず、あくまでも実用的《じつようてき》なものだった。

「秀頼《ひでより》ぎみは、いまだ六歳《さい》のおさなさ。」

左近《さこん》はいった。

「諸侯《しょこう》は、六歳《さい》の天下人《てんかびと》に、おとなしくつかえてくれますかな。」

「うむ。」

三成《みつなり》は、苦《にが》い顔《かお》になった。

「ほかのだれよりも、家康《いえやす》がどう動《うご》くか、だな。」

左近《さこん》はうなずいた。

「むろん、内府《ないふ》（家康《いえやす》）どのは、これまで隠《かく》してきた、天下《てんか》とりの野心《やしん》をむきだしてきましょう。」

「そうはさせぬ。」

三成《みつなり》はいった。

「家康《いえやす》の思《おも》いどおりには、させぬ。秀頼《ひでより》ぎみが成長《せいちょう》されるまで、豊臣家《とよとみけ》の天下《てんか》は、わたしが守《まも》る。」

左近《さこん》は微笑《びしょう》した。

「いつもながら、とのは、いさましいことですな。」

三成《みつなり》が案《あん》じたとおり、家康《いえやす》は、天下《てんか》をわがものとするために、つぎつぎと手《て》を打《う》ってきた。

まず、「大名同士《だいみょうどうし》の勝手《かって》な縁組《えんぐ》みを禁《きん》じる」という、秀吉《ひでよし》の遺命《いめい》をふみにじった。伊達政宗《だてまさむね》、福島正則《ふくしままさのり》、蜂須賀家政《はちすかいえまさ》の三家《け》と、姻戚関係《いんせきかんけい》をむすぼうとしたのだ。有力大名《ゆうりょくだいみょう》たちをとりこむための、家康《いえやす》の、なりふりかまわぬやり方《かた》だった。

「家康《いえやす》め、ゆるさぬ。」

慶長《けいちょう》四年《ねん》（一五九九年《ねん》）一月《がつ》十九日《にち》、三成《みつなり》は、中国地方《ちゅうごくちほう》をおさめる毛利輝元《もうりてるもと》や宇喜多秀家《うきたひでいえ》ら四人《にん》の大老《たいろう》と五奉行《ごぶぎょう》とで、家康《いえやす》に、遺命《いめい》の違反《いはん》をとがめた。

「はて、なんでござるかな。」

家康《いえやす》は、はじめは、しれっとして、とぼけた。

「勝手《かって》に姻戚関係《いんせきかんけい》をむすんではならぬという、太閤《たいこう》のおことばに、あくまでも内府《ないふ》はそむくおつもりか。」

三成《みつなり》はいった。

そのきびしい追及《ついきゅう》に、家康《いえやす》も、さすがに折《お》れた。

二月《がつ》十二日《にち》に、家康《いえやす》は、これからは太閤《たいこう》の遺命《いめい》を重《おも》んじるという誓書《せいしょ》を書《か》いたのだ。

かつて秀吉《ひでよし》は、みずからの病《やまい》が重《おも》くなってくると、豊臣家《とよとみけ》の行《ゆ》く末《すえ》を心配《しんぱい》した。

おさない秀頼《ひでより》をもりたてて、豊臣《とよとみ》の天下《てんか》を守《まも》るために、どうすればよいか。秀吉《ひでよし》は、考《かん》えぬいたうえ、五大老《ごたいろう》（徳川家康《とくがわいえやす》、前田利家《まえだとしいえ》、宇喜多秀家《うきたひでいえ》、上杉景勝《うえすぎかげかつ》、毛利輝元《もうりてるもと》）と五奉行《ごぶぎょう》（石田三成《いしだみつなり》、増田長盛《ましたながもり》、長束正家《なつかまさいえ》、浅野長政《あさのながまさ》、前田玄以《まえだげんい》）に政権《せいけん》の実務《じつむ》を担《にな》わせるようにした。そして、ぬきんでた実力《じつりょく》をもつ家康《いえやす》が突出《とっしゅつ》しないように、すべては合議制《ごうぎせい》で決《き》めるようにと、命《めい》じた。

この五大老《ごたいろう》のうち、天下《てんか》をねらう家康《いえやす》の野心《やしん》をおさえることのできる実力者《じつりょくしゃ》は、秀吉《ひでよし》の親友《しんゆう》だった権大納言《ごんだいなごん》、前田利家《まえだとしいえ》ひとりであり、三成《みつなり》は、なにかにつけて、加賀《かが》八十一万石《まんごく》の大大名《だいだいみょう》である利家《としいえ》をたよりにしてきた。まさに、利家《としいえ》こそは、豊臣家《とよとみけ》を守《まも》りぬくのに、ぜったいに欠《か》かせない存在《そんざい》だった。

秀吉《ひでよし》の死《し》をきっかけに、清正《きよまさ》たち武断派《ぶだんは》は、すきあらば三成《みつなり》を殺《ころ》そうと計画《けいかく》したが、それも、利家《としいえ》により、おさえられてきた。

「そなたら、おろかなことをするな。」

利家《としいえ》は、清正《きよまさ》たちをしかりつけるのだった。

「同《おな》じ豊臣家《とよとみけ》のなかで、なかま割《わ》れをして、どうするのだ。」

だが、三成《みつなり》にとって、たのみの綱《つな》だった利家《としいえ》は、慶長《けいちょう》四年《ねん》（一五九九年《ねん》）閏《うるう》三月三日《がつみっか》、六十二歳《さい》で亡《な》くなった。

利家《としいえ》の死《し》をきっかけにして、事件《じけん》がおきた。

三成《みつなり》にはげしい憎《にく》しみをいだいていた加藤清正《かとうきよまさ》、黒田長政《くろだながまさ》、福島正則《ふくしままさのり》、細川忠興《ほそかわただおき》、加藤嘉明《かとうよしあき》、池田輝政《いけだてるまさ》、浅野幸長《あさのよしなが》ら、七武将《しちぶしょう》が、ついに動《うご》いた。

「こうるさい利家《としいえ》さまが、いなくなった。」

「いまこそ、三成《みつなり》を、血祭《ちまつ》りにあげよう。」

清正《きよまさ》たちは、見舞《みま》いさきの利家《としいえ》の屋敷《やしき》から帰《かえ》る三成《みつなり》を待《ま》ち伏《ぶ》せして、襲《おそ》おうと決《き》めた。

「なに、清正《きよまさ》たちが。」

暗殺計画《あんさつけいかく》を知《し》らされた三成《みつなり》は、考《かんが》えた。

(いまは、恥《はじ》を忍《しの》んでも、生《い》きのびなくてはならぬ。わたしが死《し》んだら、すべて家康《いえやす》の思《おも》いどおりになってしまう。しかし、どこへ逃《のが》れるべきか。)

とりあえず、宇喜多秀家《うきたひでいえ》の屋敷《やしき》に行《い》ったあと、三成《みつなり》は意外《いがい》な行動《こうどう》に出《で》た。あろうことか、ずっと敵対《てきたい》してきた家康《いえやす》の屋敷《やしき》に逃《に》げこんだのである。

(利家《としいえ》さまがいなくなったいま、わたしを殺《ころ》そうとする清正《きよまさ》たちを止《と》めることができるのは、家《いえ》康《やす》ひとりだ。)

三成《みつなり》の読《よ》みは、正《ただ》しかった。

たしかに、家康《いえやす》は、清正《きよまさ》たちから、三成《みつなり》の命《いのち》をすくった。しかし、それは家康《いえやす》のしたたかな計《けい》算《さん》からだった。

「三成《みつなり》どの。すべては、そなたの不行《ふゆ》き届《とど》きにある。」

三成《みつなり》は、家康《いえやす》に責任《せきにん》を問《と》われた。そして、奉行職《ぶぎょうしょく》を解《と》かれ、佐和山城《さわやまじょう》に引退《いんたい》せざるをえなくなった。そして、三成《みつなり》のいなくなった奉行衆《ぶぎょうしゅう》には、家康《いえやす》をおさえる力《ちから》は、もはやなかった。

だが、三成《みつなり》はおとなしく佐和山城《さわやまじょう》にとじこもるつもりはなかった。

(かならず、家康《いえやす》は動《うご》く。そのときがくる。)

三成《みつなり》は、家康《いえやす》の動《うご》きを、たえず耳《みみ》に入《い》れていた。

大坂城《おおざかじょう》の西《にし》の丸《まる》に入《はい》って、天守閣《てんしゅかく》を築《きず》き、ほかの大名《だいみょう》たちから、「天下《てんか》どの」とよばれるようになった家康《いえやす》は、ついに動《うご》いた。

慶長《けいちょう》五年《ねん》(一六〇〇年《ねん》)六月六日《がつむいか》、家康《いえやす》は、大坂城《おおざかじょう》の広間《ひろま》に、大名《だいみょう》たちをあつめて、いいわたした。

「よいか。おのおのがた。むほんのきざしがある会津《あいづ》の上杉景勝《うえすぎかげかつ》を討伐《とうばつ》する。すべては豊臣家《とよとみけ》、そして秀頼《ひでより》ぎみを守《まも》るためである。」

六月《がつ》十六日《にち》、家康《いえやす》は、大坂城《おおざかじょう》から伏見城《ふしみじょう》に入《はい》り、ついで、十八日《にち》、伏見城《ふしみじょう》から、会津《あいづ》へ向《む》けて、出陣《しゅつじん》した。


「いよいよ、家康《いえやす》がきばをむいたか。」

三成《みつなり》は、左近《さこん》にいった。

「そのようでございますな。」

「よし、これこそ、絶好《ぜっこう》の機会《きかい》だ。東《ひがし》の上杉景勝《うえすぎかげかつ》と、西《にし》のわたしとで、家康《いえやす》をはさみうちにすれば、勝《か》てる。」

三成《みつなり》のことばに、左近《さこん》は首《くび》をかしげた。

「さて、そうかんたんではありませぬぞ。まずは、味方《みかた》をあつめねばなりませぬ。」

三成《みつなり》はうなずいた。

「家康《いえやす》の横暴《おうぼう》を憎《にく》んでいる大名《だいみょう》たちは大勢《おおぜい》いる。かれらに、声《こえ》をかけよう。」

「そうだ。」


七月二日《がつふつか》。

家康《いえやす》が江戸城《えどじょう》に入《はい》った日《ひ》に、三成《みつなり》は、ついに、「家康打倒《いえやすだとう》」をあきらかにした。

まずは若《わか》いころからの親友《しんゆう》である大谷吉継《おおたによしつぐ》を、佐和山城《さわやまじょう》によんだ。そのとき、吉継《よしつぐ》は、家康《いえやす》の会津遠征《あいづえんせい》にしたがおうとして、垂井《たるい》（現在《げんざい》の岐阜県不破郡垂井町《ぎふけんふわぐんたるいちょう》）の宿《やど》にいた。

「紀之介《きのすけ》よ。」

三成《みつなり》は、かつて、ともに秀吉《ひでよし》の小姓《こしょう》だったときの名《な》で、吉継《よしつぐ》をよんだ。ふたりは、たがいに大《だい》名《みょう》となったいまも、佐吉《さきち》、紀之介《きのすけ》とよびあう仲《なか》だった。

「ぜひ、聞《き》いてほしいことがある。」

「なんだ、佐吉《さきち》。」

三成《みつなり》は、声《こえ》をふるわせて、いった。

「わたしは、家康《いえやす》をたおそうと思《おも》う。」

吉継《よしつぐ》は、おどろいた。

「やめよ、佐吉《さきち》。」

「いや、やめぬ。考《かんが》えぬいたすえに決《き》めたのだ。紀之介《きのすけ》、そなたも、ともに立《た》ちあがってくれ。」

「馬鹿《ばか》な。そのようなくわだてが、うまくいくはずがない。」

吉継《よしつぐ》は、いった。

「よいか、内府《ないふ》は、筆頭大老《ひっとうたいろう》であり、太閤亡《たいこうな》きいま、ほかにならぶべき者《もの》がいない実力者《じつりょくしゃ》だ。関《かん》東八州二百五十万石《とうはっしゅうにひゃくごじゅうまんごく》の領地《りょうち》をもち、その兵《へい》の数《かず》は、われらとはくらべものにならぬ。十九万《まん》四千石《ごく》のそなたが、勝《か》てる相手《あいて》ではない。」

「勝《か》てる、勝《か》てないは、ときの運《うん》。」

ひとこと、ひとこと、噛《か》みしめるようにして、三成《みつなり》はいった。

「わたしには、豊臣家《とよとみけ》を守《まも》り、おさない秀頼《ひでより》ぎみを守《まも》るという大義《たいぎ》がある。この大義《たいぎ》のもとに、反徳川《はんとくがわ》の兵《へい》をあつめれば、勝利《しょうり》も夢《ゆめ》ではない。」

「夢《ゆめ》だ。」

吉継《よしつぐ》は首《くび》をふった。

「いかに兵《へい》をあつめようとも、内府《ないふ》には勝《か》てぬ。なによりも、内府《ないふ》には、諸大名《しょだいみょう》をしたがえる武力《ぶりょく》と人望《じんぼう》、名声《めいせい》がある。やめよ、佐吉《さきち》。」

「いや、やめぬ。」

三成《みつなり》は、こばんだ。

「このくわだてには、ほかの大老《たいろう》である、毛利輝元《もうりてるもと》どのや宇喜多秀家《うきたひでいえ》どのをひきいれる。それに、太閤《たいこう》の恩《おん》を忘《わす》れぬ大名《だいみょう》たちは、全国《ぜんこく》に、数多《かずおお》くいる。かれらをあつめれば、家康《いえやす》を打倒《だとう》できる。」

「そのようなこと。」

吉継《よしつぐ》は、いった。

「いま内府《ないふ》は、五十九歳《さい》。太閤《たいこう》と利家《としいえ》どのが六十二歳《さい》で亡《な》くなられたように、それほどさきは長《なが》くない。そのうちに、秀頼《ひでより》ぎみが成長《せいちょう》される。そのときまで、じっと待《ま》てば、よいではないか。」

吉継《よしつぐ》はときふせようとした。

「いや、待《ま》てぬ。」

三成《みつなり》はいった。

「家康《いえやす》をこのままにしておけば、豊臣家《とよとみけ》の天下《てんか》はうばわれてしまう。いま動《うご》かなければ、後悔《こうかい》することになる。」

「おろかな。内府《ないふ》とまともに戦《たたか》って、勝《か》てるわけがない。その考《かんが》えは、捨《す》てよ、佐吉《さきち》。」

吉継《よしつぐ》は、三成《みつなり》に、家康《いえやす》打倒《だとう》をやめさせようとした。吉継《よしつぐ》と三成《みつなり》は、たがいに、くいちがう意見《いけん》をいいあって、その場《ば》は、ものわかれになった。

話《はなし》はつかず、吉継《よしつぐ》はいったん、垂井《たるい》の宿《やど》にもどった。

(紀之介《きのすけ》は、わたしの思《おも》いをわかってくれただろうか。)

三成《みつなり》は、考《かんが》えた。

(もしも、紀之介《きのすけ》が味方《みかた》になってくれなかったら……。いや、紀之介《きのすけ》なら、きっとわかってくれる。)

三成《みつなり》は、待《ま》った。

一日《にち》がたち、二日《ふつか》がたち、三日《みっか》がたった。吉継《よしつぐ》からは、家康打倒《いえやすだとう》の考《かんが》えをあらためてくれという使者《ししゃ》と文《ふみ》が、幾度《いくど》もきた。

しかし、三成《みつなり》は考《かんが》えを変《か》えるつもりはなかった。

(どうか、紀之介《きのすけ》よ、わかってくれ。)

三成《みつなり》には、吉継《よしつぐ》がかならず味方《みかた》になってくれるという確信《かくしん》があった。

そして、十一日《にち》に、吉継《よしつぐ》はやってきた。その顔《かお》を見《み》て、三成《みつなり》は勢《いきお》いこんで、たずねた。

「味方《みかた》してくれるか、紀之介《きのすけ》。」

「うむ。」

吉継《よしつぐ》はうなずいた。

(ありがたい。もつべきものは、友《とも》だ。)

三成《みつなり》は吉継《よしつぐ》の手《て》をとって、熱《あつ》い涙《なみだ》を流《なが》した。

「そなたに味方《みかた》する。」

吉継《よしつぐ》はあらたまった声《こえ》でいった。

「ただし、味方《みかた》するにあたっては、そなたにいいたいことがある。」

「なんだ、紀之介《きのすけ》。」

三成《みつなり》は涙《なみだ》をぬぐいながら、いった。

「なんでも、いってくれ。」

「よいか、佐吉《さきち》。そなたは、ふだんから、横柄《おうへい》だと思《おも》われておる。そのことから、豊臣家《とよとみけ》の安泰《あんたい》を思《おも》う者《もの》すら、そなたにつくくらいなら、内府《ないふ》につこうとする。」

吉継《よしつぐ》のことばに、三成《みつなり》は顔《かお》をしかめた。

まさに、加藤清正《かとうきよまさ》や黒田長政《くろだながまさ》、福島正則《ふくしままさのり》ら、豊臣家《とよとみけ》のほこる武断派《ぶだんは》の大名《だいみょう》たちは、三成憎《みつなりにく》しのあまり、家康《いえやす》についたように思《おも》われたからである。

「それゆえ、内府《ないふ》と戦《たたか》うつもりなら、安芸中納言《あきちゅうなごん》（毛利輝元《もうりてるもと》）か、備前宰相《びぜんさいしょう》（宇喜多秀家《うきたひでいえ》）を上《うえ》に立《た》て、そなたは表《おもて》に立《た》たぬことだ。」

三成《みつなり》は、ぐっとあごをひいて、うなずいた。

「承知《しょうち》した。」

さらに、吉継《よしつぐ》はいった。

「佐吉《さきち》よ、そなたは知慮才覚《ちりょさいかく》においては、天下《てんか》にならぶ者《もの》がいない。されど、勇気《ゆうき》と決断力《けつだんりょく》に欠《か》けるところがある。」

三成《みつなり》は、くちびるをひきしめて、ふたたび、うなずいた。

「よく、いってくれた、紀之介《きのすけ》。わたしもそう思《おも》っておる。」

十九万《まん》四千石《ごく》の大名《だいみょう》にすぎない自分《じぶん》が、二百五十万石《まんごく》の家康《いえやす》に立《た》ち向《む》かうためには、より多《おお》くの大名《だいみょう》たちをあつめなくてはならない。そして、それをたばねるのは、自分《じぶん》ではなく、それにふさわしい有力《ゆうりょく》な大名《だいみょう》でなければならない。

こうしたことを、だれよりも、三成《みつなり》は理解《りかい》していたのだ。

吉継《よしつぐ》を味方《みかた》にしたことで、自信《じしん》と力《ちから》をえた三成《みつなり》は、奉行《ぶぎょう》である増田長盛《ましたながもり》をよび、さらに、秀吉《ひでよし》と毛利家《もうりけ》をむすびつけた僧《そう》で、いまは伊予《いよ》六万石《まんごく》の大名《だいみょう》である安国寺恵瓊《あんこくじえけい》をよんだ。

「じつは、恵瓊《えけい》どのに、内密《ないみつ》にうちあけたいことがござる。」

「ほう、なんでござるか。」

恵瓊《えけい》は目《め》を光《ひか》らせた。

「それがし、豊臣家《とよとみけ》のために、内府《ないふ》をたおそうと思《おも》っております。ついては、恵瓊《えけい》どのに、ぜひとも、お力《ちから》をお借《か》りしたいのでござる。」

「さようか。」

恵瓊《えけい》は、深《ふか》くうなずいた。

七月《がつ》十二日《にち》、佐和山城《さわやまじょう》に、三成《みつなり》、吉継《よしつぐ》、恵瓊《えけい》、長盛《ながもり》がそろった。まさに、西軍《せいぐん》の中心《ちゅうしん》となるべき四人《にん》だった。

このあつまりで、百十二万石《まんごく》の毛利輝元《もうりてるもと》に、西軍《せいぐん》の総大将《そうだいしょう》になってもらうことを決《き》めた。前田玄以《まえだげんい》、増田長盛《ましたながもり》、長束正家《なつかまさいえ》の三人《にん》の奉行《ぶぎょう》が輝元《てるもと》に文《ふみ》をおくり、使者《ししゃ》には、毛利家《もうりけ》と深《ふか》い縁《えん》がある、安国寺恵瓊《あんこくじえけい》が選《えら》ばれた。

さらに、家康側《いえやすがわ》につかないように、諸大名《しょだいみょう》が京都《きょうと》と大坂《おおざか》においている妻子《さいし》を帰国《きこく》させず、人質《ひとじち》とすることも決《き》めた。

しかし、妻子《さいし》を人質《ひとじち》とするとりきめは、あまり、うまくいかなかった。加藤清正《かとうきよまさ》の妻《つま》や、黒田《くろだ》如水《じょすい》(官兵衛《かんべえ》)と長政《ながまさ》の妻《つま》たちが、見《み》はりをかいくぐって、脱出《だっしゅつ》したのだ。そればかりか、細川《ほそかわ》忠興《ただおき》の妻《つま》ガラシャは、人質《ひとじち》になることをこばみ、屋敷《やしき》に火《ひ》をはなたせて、死《し》を選《えら》んだのだ。

人質《ひとじち》の確保《かくほ》はあまりうまくいかなかったが、毛利輝元《もうりてるもと》は、恵瓊《えけい》に説得《せっとく》されて、西軍《せいぐん》の総大将《そうだいしょう》となることを承知《しょうち》した。

ところが、毛利家《もうりけ》きっての実力者《じつりょくしゃ》であり、輝元《てるもと》のいとこにあたる吉川広家《きっかわひろいえ》は、三成《みつなり》をきらっていて、家康《いえやす》と戦《たたか》えば、毛利《もうり》はつぶされると思《おも》い、恵瓊《えけい》とはげしく対立《たいりつ》した。そして、黒田長政《くろだながまさ》を通《とお》して、毛利《もうり》は家康《いえやす》にさからわぬと、ひそかに家康《いえやす》と約束《やくそく》をかわした。

七月《がつ》十七日《にち》、三成《みつなり》らは、『内府《ないふ》ちがいの条々《じょうじょう》』と題《だい》する、三奉行《ぶぎょう》による弾劾状《だんがいじょう》と檄文《げきぶん》を諸大名《しょだいみょう》におくりつけて、挙兵《きょへい》を宣言《せんげん》した。

——内府《ないふ》は、太閤《たいこう》の遺命《いめい》にそむき、さまざまな悪行《あくぎょう》をかさね、上杉《うえすぎ》を討伐《とうばつ》しようとしている。いまこそ、内府《ないふ》に制裁《せいさい》をくわえなくてはならない。太閤《たいこう》に恩《おん》を感《かん》じるのなら、秀頼《ひでより》さまに忠節《ちゅうせつ》をつくせ。

（どれほどの軍勢《ぐんぜい》があつまるか。）

三成《みつなり》は案《あん》じたが、檄文《げきぶん》に応《おう》じて、ぞくぞくと諸大名《しょだいみょう》が大坂城《おおざかじょう》にあつまってきた。

毛利輝元《もうりてるもと》、宇喜多秀家《うきたひでいえ》、小西行長《こにしゆきなが》、立花宗茂《たちばなむねしげ》、小早川秀秋《こばやかわひであき》、長宗我部盛親《ちょうそかべもりちか》、島津義弘《しまづよしひろ》、安国寺恵瓊《あんこくじえけい》、脇坂安治《わきざかやすはる》ら、四十名《めい》あまりだった。その兵力《へいりょく》は、あわせて九万《まん》にもおよんだ。

「思《おも》いがけず、あつまりましたな。」

島左近《しまさこん》は、三成《みつなり》にいった。

「うむ。これで、家康《いえやす》に勝《か》てる。」

三成《みつなり》は、満足《まんぞく》だった。十九万《まん》四千石《ごく》の大名《だいみょう》である自分《じぶん》が、二百五十万石《まんごく》の徳川家康《とくがわいえやす》と戦《たたか》うために、多《おお》くの大名《だいみょう》たちの力《ちから》をあつめるという作戦《さくせん》が、とりあえずうまくはこんだのだ。

「ただし、みながみな、同《おな》じ思《おも》いだとはかぎりませぬぞ。」

左近《さこん》は、三成《みつなり》にくぎをさした。

「うむ。」

それは三成《みつなり》も、わかってはいた。たしかに、大坂城《おおざかじょう》にあつまった大名《だいみょう》たちのなかには、まだ味《み》方《かた》するとはっきり心《こころ》を決《き》めていない者《もの》や、様子《ようす》を見《み》ようとしている者《もの》、あるいは、ひそかに家康《いえやす》と通《つう》じているのではないかと思《おも》われる者《もの》がいたのだ。

(それでもいい。)

三成《みつなり》は思《おも》った。

(形勢《けいせい》さえ有利《ゆうり》になれば、態度《たいど》をあいまいにしている者《もの》たちは、味方《みかた》になる。)

七月十九日《がつにち》、まず、伏見城《ふしみじょう》を攻《せ》めることから、戦《いくさ》がはじまった。

伏見城《ふしみじょう》は、徳川《とくがわ》の老臣《ろうしん》、鳥居元忠《とりいもとただ》が、千八百人《にん》の兵《へい》をひきいて、守《まも》っていた。西軍《せいぐん》は、宇喜多《うきた》秀家《ひでいえ》、小早川秀秋《こばやかわひであき》、島津義弘《しまづよしひろ》らが四万《まん》の兵《へい》でとりかこんだ。

すぐに落《お》ちると思《おも》われたが、伏見城《ふしみじょう》は秀吉《ひでよし》が築《きず》いた天下《てんか》の名城《めいじょう》であり、しかも、元忠《もとただ》らは、全員《ぜんいん》が死《し》ぬかくごで戦《たたか》っているために、なかなか落《お》ちなかった。

「ええい、なにをしているのだ。」

あせった三成《みつなり》は、二十九日《にち》に、伏見城《ふしみじょう》の攻《せ》め手《て》にくわわった。そして、伏見城《ふしみじょう》は、八月一日《がつついたち》に落《お》ちた。

三成《みつなり》は、十一日《にち》、大垣城《おおがきじょう》に入《はい》った。

「ここを、西軍《せいぐん》の前線《ぜんせん》として、戦《たたか》う。」

三成《みつなり》はそう決《き》めていた。

信長《のぶなが》の孫《まご》であった織田秀信《おだひでのぶ》の岐阜城《ぎふじょう》と、自分《じぶん》が守《まも》る大垣城《おおがきじょう》とで、東軍《とうぐん》の攻《せ》め手《て》をふせぎ、その間《あいだ》に、伊勢方面《いせほうめん》にいる毛利《もうり》、安国寺《あんこくじ》、長束《なつか》らが東軍《とうぐん》の背後《はいご》をつく。

そう戦略《せんりゃく》を立《た》てていたのだ。

しかし、二十三日《にち》、三成《みつなり》はがくぜんとした。

「なんと。」

尾張清洲《おわりきよす》付近《ふきん》にあつまった福島正則《ふくしままさのり》ら東軍《とうぐん》の猛攻《もうこう》によって、岐阜城《ぎふじょう》がたった一日《にち》で落《お》ちてしまったというのだ。三成《みつなり》は、戦略《せんりゃく》の立《た》てなおしをせまられた。

(敵《てき》が岐阜城《ぎふじょう》にまできた以上《いじょう》、すぐに、大垣城《おおがきじょう》にもやってくる。)

三成《みつなり》は、不安《ふあん》をおぼえた。

その夜《よる》、宇喜多秀家《うきたひでいえ》が一万《まん》八千の兵《へい》をひきいて、大垣城《おおがきじょう》にやってきた。

「岐阜城《ぎふじょう》を落《お》としたことで、いま東軍《とうぐん》は油断《ゆだん》しているはずだ。夜討《よう》ちをかけよう。」

秀家《ひでいえ》は主張《しゅちょう》した。

「それはよい。ただちに東軍《とうぐん》を奇襲《きしゅう》いたそう。」

薩摩《さつま》の島津義弘《しまづよしひろ》も、それに賛成《さんせい》した。

しかし、三成《みつなり》は賛成《さんせい》しなかった。

「夜討《よう》ちは、できぬ。まだ家康《いえやす》がどこにいるのか、わからぬのだから。それに、この戦《たたか》いは、豊臣家《とよとみけ》を守《まも》るという、正義《せいぎ》の戦《たたか》いである。そのような奇襲《きしゅう》ではなく、正々堂々《せいせいどうどう》とむかえうつべきだ。」

秀家《ひでいえ》と義弘《よしひろ》は、あきらかに失望《しつぼう》した表情《ひょうじょう》をうかべた。

東軍《とうぐん》はいっこうに大垣城《おおがきじょう》に攻《せ》めてこなかった。

(もしや、わが佐和山城《さわやまじょう》を攻《せ》めようとしているのではないか。)

不安《ふあん》にかられた三成《みつなり》は、二十六日《にち》に、いそいで佐和山城《さわやまじょう》へもどって、防備《ぼうび》をかためた。

やがて、各地《かくち》で戦《たたか》いをつづけていた西軍《せいぐん》がぞくぞくとあつまってきた。九月二日《がつふつか》には、大谷吉継《おおたによしつぐ》が、北陸道《ほくりくどう》から撤退《てったい》し、関ヶ原《せきがはら》の南西《なんせい》の山中村《やまなかむら》に到着《とうちゃく》した。三日《みっか》には、伊勢長島城《いせながしまじょう》を攻《せ》めていた宇喜多秀家《うきたひでいえ》が大垣城《おおがきじょう》に入《はい》った。

七日《なのか》には、同《おな》じく伊勢方面《いせほうめん》にいた毛利秀元《もうりひでもと》、吉川広家《きっかわひろいえ》、安国寺恵瓊《あんこくじえけい》、長束正家《なつかまさいえ》、長宗我部盛親《ちょうそかべもりちか》らが、関ヶ原南東《せきがはらなんとう》の南宮山《なんぐうさん》に陣《じん》をしいた。

三成《みつなり》は、八日《ようか》に、大垣城《おおがきじょう》に入《はい》った。

十四日《か》には、小早川秀秋《こばやかわひであき》が、関ヶ原《せきがはら》を一望《いちぼう》できる松尾山《まつおやま》に陣《じん》をしいた。東軍《とうぐん》をむかえうつ態勢《たいせい》がととのったのだ。

「勝《か》つには、秀頼《ひでより》ぎみのご出馬《しゅつば》を願《ねが》おう。」

三成《みつなり》は、大坂城《おおざかじょう》の毛利輝元《もうりてるもと》に、使《つか》いを走《はし》らせた。

――なにとぞ、秀頼《ひでより》ぎみを奉《ほう》じて、大坂城《おおざかじょう》から参陣《さんじん》されたい。

だが、輝元《てるもと》は、ともに大坂城《おおざかじょう》で秀頼《ひでより》を守《まも》っている増田長盛《ましたながもり》がうらぎるかもしれないという、うわさにまどわされて、動《うご》かなかった。

このうわさは、家康《いえやす》が流《なが》したものだった。

もしも、大坂城《おおざかじょう》の秀頼《ひでより》が出《で》てくれば、豊臣家《とよとみけ》に恩《おん》のある東軍《とうぐん》の武将《ぶしょう》たちは、西軍《せいぐん》と戦《たたか》うのをやめるかもしれない。そう案《あん》じて、うわさをひろめたのだ。

九月《がつ》十四日《か》、家康《いえやす》がついに赤坂《あかさか》に到着《とうちゃく》したという知《し》らせが入《はい》った。

「よし、まことかどうか、調《しら》べよう。」

三成《みつなり》は、島左近《しまさこん》に命《めい》じて、大垣城《おおがきじょう》と赤坂《あかさか》のあいだを流《なが》れる杭瀬川《くいぜがわ》に向《む》かわせた。左近《さこん》は、ひそかに杭瀬川《くいぜがわ》をわたると、敵陣《てきじん》近《ちか》くで稲《いね》を刈《か》り取《と》ったり、火《ひ》をつけたりした。

「すわっ、攻《せ》めてきたぞ。」

中村一栄《なかむらかずひで》と有馬豊氏《ありまとようじ》が、さきをあらそって進軍《しんぐん》してきた。左近《さこん》はただちにしりぞいた。中村隊《なかむらたい》は杭瀬川《くいぜがわ》をこえた。そのとき、宇喜多秀家《うきたひでいえ》の家老《かろう》である明石全登《あかしたけのり》（掃部《かもん》）が、八百の伏兵《ふくへい》でいっせいに銃撃《じゅうげき》した。

「撃《う》てっ、撃《う》てっ。」

中村隊《なかむらたい》はさんざんに撃《う》たれ、あわててしりぞいた。

「よし、ひとまずは勝利《しょうり》したぞ。」

三成《みつなり》はよろこんだ。

杭瀬川《くいぜがわ》の戦《たたか》いのあと、西軍《せいぐん》では軍議《ぐんぎ》がひらかれた。

「家康《いえやす》たちは江戸《えど》からの長旅《ながたび》のあとで疲《つか》れておる。今夜《こんや》、奇襲《きしゅう》をかけて、家康《いえやす》の首《くび》をあげようぞ。」

島津義弘《しまづよしひろ》は、強《つよ》く主張《しゅちょう》した。

だが、三成《みつなり》は、賛同《さんどう》しなかった。

毛利輝元《もうりてるもと》が、秀頼《ひでより》ぎみを奉《ほう》じて、大坂城《おおざかじょう》を出《で》てくるまで、待《ま》ったほうがよい。さらには、いま近江《おうみ》の大津城《おおつじょう》を攻《せ》めている、負《ま》け知《し》らずの名将《めいしょう》、立花宗茂《たちばなむねしげ》らが、一万《まん》五千の兵《へい》をひきいて、かけつけてくるのを待《ま》とう。そう思《おも》ったのだ。

意見《いけん》を戦《たたか》わせているうち、知《し》らせが入《はい》った。

——東軍《とうぐん》が、佐和山城《さわやまじょう》を攻《せ》め、さらに大坂城《おおざかじょう》を攻《せ》めようとしている。

この知《し》らせは、西軍《せいぐん》を大垣城《おおがきじょう》からおびきだすための家康《いえやす》の策略《さくりゃく》だったが、三成《みつなり》はそれを信《しん》じてしまった。

「なんとしても、東軍《とうぐん》を、関ヶ原《せきがはら》で食《く》い止《と》めよう。」

三成《みつなり》は、大垣城《おおがきじょう》から出陣《しゅつじん》するように命《めい》じた。

(小早川秀秋《こばやかわひであき》をこちらにつなぎとめねばならない。)

三成《みつなり》は、松尾山《まつおやま》に陣取《じんど》っている小早川秀秋《こばやかわひであき》に、大谷吉継《おおたによしつぐ》や小西行長《こにしゆきなが》ら五名《めい》の連署《れんしょ》で、文《ふみ》をおくった。

——秀頼《ひでより》ぎみが十五歳《さい》になられるまで、秀秋《ひであき》に関白《かんぱく》となってもらう。筑前《ちくぜん》はそのままにして、さらに、播磨国《はりまのくに》をあたえる。

(これで、秀秋《ひであき》はきっと西軍《せいぐん》に組《くみ》する。)

三成《みつなり》はそう信《しん》じようとした。

九月《がつ》十四日《か》の夜《よる》、冷《つめ》たい雨《あめ》が降《ふ》りしきるなかを、大垣城《おおがきじょう》から、ついに西軍《せいぐん》が出陣《しゅつじん》した。

(さとられてはならない。)

先頭《せんとう》は、石田三成隊《いしだみつなりたい》、六千。そのあとに、島津義弘隊《しまづよしひろたい》、千。小西行長隊《こにしゆきながたい》、六千。宇喜多秀家《うきたひでいえ》隊《たい》、一万《まん》八千。声《こえ》をひそめ、馬《うま》の口《くち》をしばり、松明《たいまつ》も消《け》して、西軍《せいぐん》は進《すす》んだ。

めざすは、関ヶ原《せきがはら》だった。

三成《みつなり》は、とちゅうで、わずかの供《とも》をつれて馬《うま》を走《はし》らせ、松尾山《まつおやま》のふもとに行《い》き、小早川秀秋《こばやかわひであき》の重臣《じゅうしん》である平岡頼勝《ひらおかよりかつ》に会《あ》った。

(もしかしたら、秀秋《ひであき》は、家康側《いえやすがわ》についたかもしれぬ。)

それが案《あん》じられたからだった。

「よいかな。小早川《こばやかわ》どのには、のろしを合図《あいず》に、東軍《とうぐん》の側面《そくめん》を襲《おそ》ってくださるように、くれぐれもおたのみもうす。」

三成《みつなり》のことばに、平岡《ひらおか》は、うなずいた。

「わかりもうした。」


このあと、三成《みつなり》は山中村《やまなかむら》に行《い》き、大谷吉継《おおたによしつぐ》と打《う》ちあわせをしてから、本隊《ほんたい》と合流《ごうりゅう》した。

そして、関ヶ原《せきがはら》の北西《ほくせい》、北国街道《ほっこくかいどう》をのぞむ位置《いち》に向《む》かった。兵《へい》六千を、二隊《たい》に分《わ》けて、一隊《たい》は島左近《しまさこん》を隊長《たいちょう》とし小関村《こせきむら》に、みずからは笹尾山《ささおやま》に陣《じん》をしいた。「大一大万大吉《だいいちだいまんだいきち》」の六文字《もじ》を染《そ》めた白《しろ》い旗《はた》を立《た》てた。

三成《みつなり》の位置《いち》からは、関ヶ原《せきがはら》がひと目《め》で見《み》わたせた。

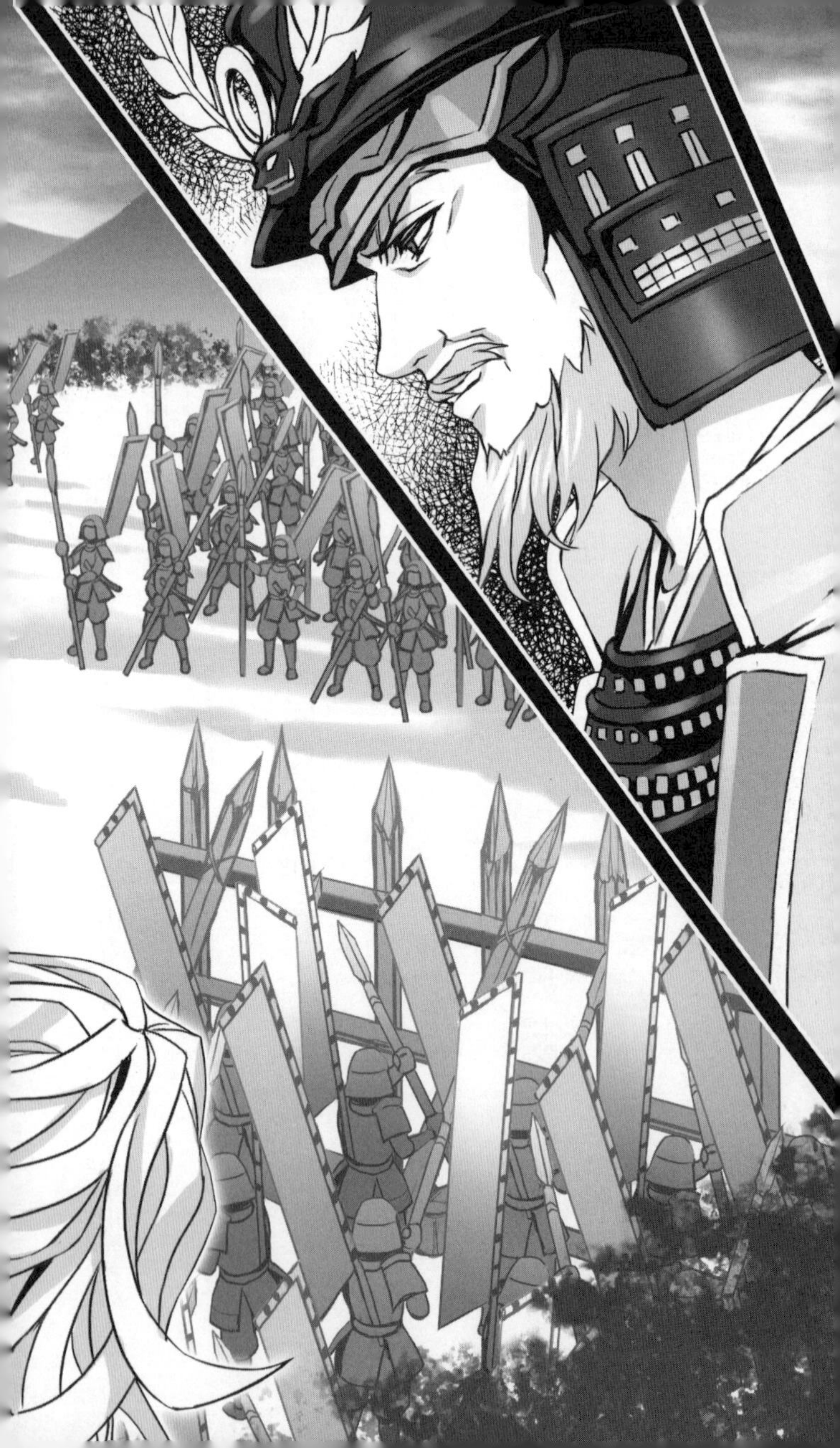

北国街道《ほっこくかいどう》をはさんで、右手《みぎて》には、島津隊《しまづたい》千が布陣《ふじん》し、さらにその右手《みぎて》には小西行長隊《こにしゆきながたい》六千が北《きた》天満山《てんまやま》の前《まえ》に布陣《ふじん》し、宇喜多秀家隊《うきたひでいえたい》一万《まん》八千が南天満山《みなみてんまやま》の前《まえ》に布陣《ふじん》している。

さらに、大谷吉継隊《おおたによしつぐたい》が、三千の兵《へい》を関ヶ原《せきがはら》の南西《なんせい》に布陣《ふじん》し、中山道《なかせんどう》の南《みなみ》、松尾山《まつおやま》のふもとには、脇坂安治《わきざかやすはる》、朽木元綱《くつきもとつな》、赤座直保《あかざなおやす》、小川祐忠《おがわすけただ》ら四千二百が、小早川秀秋隊《こばやかわひであきたい》一万《まん》三千の動向《どうこう》を見《み》まもっていた。

南宮山《なんぐうさん》のまわりには、毛利秀元《もうりひでもと》、吉川広家《きっかわひろいえ》、安国寺恵瓊《あんこくじえけい》、長宗我部盛親《ちょうそかべもりちか》ら、あわせて二万《まん》八千が陣《じん》をしいている。

西軍《せいぐん》として、関ヶ原《せきがはら》に布陣《ふじん》した兵《へい》は、およそ八万《まん》だった。

この陣形《じんけい》を見《み》て、三成《みつなり》は思《おも》った。

（勝《か》ったぞ。）

西軍《せいぐん》の陣形《じんけい》は、「鶴翼《かくよく》の陣《じん》」とよばれるものであり、まわりの小高《こだか》い山《やま》や丘《おか》に布陣《ふじん》して、東軍《とうぐん》に向《む》けて大《おお》きく翼《つばさ》をひろげていたのだ。まさに、関ヶ原《せきがはら》の高所《こうしょ》の大半《たいはん》をおさえていて、必勝《ひっしょう》の陣《じん》形《けい》だった。

（この陣形《じんけい》で戦《たたか》えば、東軍《とうぐん》を撃破《げきは》できる。）

降《ふ》りつづいた小雨《こさめ》がやみ、濃《こ》い霧《きり》がたちこめている。

両軍《りょうぐん》は、にらみあったまま、動《うご》かなかった。嵐《あらし》の前《まえ》のしずけさのなか、いままさに、天下分《てんかわ》け目《め》の決戦《けっせん》がおこなわれようとしていた。

午前《ごぜん》八時、しずけさを打《う》ちやぶったのは、東軍《とうぐん》の井伊直政《いいなおまさ》の「赤備《あかぞな》え」だった。先鋒《せんぽう》をあずかっている福島正則隊《ふくしままさのりたい》をだしぬくかたちで、ぬけがけして、宇喜多秀家隊《うきたひでいえたい》に向《む》けて突進《とっしん》し、鉄砲《てっぽう》を撃《う》ったのだ。

「うぬっ。」

福島正則《ふくしままさのり》は遅《おく》れじと、宇喜多陣《うきたじん》への突撃《とつげき》を命《めい》じた。

戦端《せんたん》がひらかれたのを見《み》て、三成《みつなり》は命《めい》じた。

「よしっ、のろしをあげよっ。」

ときを同《おな》じくして、黒田長政《くろだながまさ》が陣《じん》をしく丸山《まるやま》、小西行長《こにしゆきなが》が陣《じん》をしく北天満山《きたてんまやま》から、のろしがあがった。

東西両軍《とうざいりょうぐん》がときの声《こえ》をあげて、出撃《しゅつげき》した。両軍《りょうぐん》はついに激突《げきとつ》したのだ。

三成《みつなり》をねらって攻《せ》めてきたのは、黒田長政《くろだながまさ》、細川忠興《ほそかわただおき》、加藤嘉明《かとうよしあき》らだった。三成《みつなり》の前衛隊長《ぜんえいたいちょう》は、勇猛《ゆうもう》な島左近《しまさこん》で、すさまじい勢《いきお》いではねかえそうとした。

宇喜多秀家隊《うきたひでいえたい》と、福島正則隊《ふくしままさのりたい》は、激闘《げきとう》をくりかえし、一進一退《いっしんいったい》した。大谷吉継隊《おおたによしつぐたい》は、藤堂高虎《とうどうたかとら》隊《たい》、京極高知隊《きょうごくたかともたい》と奮戦《ふんせん》し、小西行長隊《こにしゆきながたい》は、織田長益《おだながます》、寺沢広高《てらざわひろたか》らと奮戦《ふんせん》しつづけた。

およそ八万《まん》の兵《へい》がいたにもかかわらず、西軍《せいぐん》は、実質《じっしつ》三万《まん》三千しか戦《たたか》いにくわわっていなかった。これに対《たい》し、東軍《とうぐん》はおよそ七万《まん》五千の兵《へい》のうち、六万《まん》が戦《たたか》っていた。それにもかかわらず、西軍《せいぐん》は善戦《ぜんせん》していた。むしろ、西軍《せいぐん》のほうが押《お》しぎみだった。

ここで、松尾山《まつおやま》の小早川隊《こばやかわたい》と、南宮山《なんぐうさん》の毛利隊《もうりたい》がくわわって、東軍《とうぐん》の側面《そくめん》と背面《はいめん》をつけば、西《せい》軍《ぐん》が大勝利《だいしょうり》するはずだった。

だが、のろしをあげてもあげても、両隊《りょうたい》は動《うご》かなかった。

「なぜ、出撃《しゅつげき》せぬのか。」

三成《みつなり》はあせった。

「いま、毛利《もうり》と小早川《こばやかわ》が動《うご》けば、勝《か》てるのに。まさか、うらぎるつもりなのか。」

そして、正午《しょうご》をすぎたときに、それはおきた。

松尾山《まつおやま》の小早川秀秋隊《こばやかわひであきたい》一万《まん》三千が、とつぜん、大谷吉継隊《おおたによしつぐたい》に向《む》けて、襲《おそ》いかかってきたのだ。

さらに、吉継《よしつぐ》の指揮《しき》のもとで戦《たたか》うはずの脇坂《わきざか》・朽木《くつき》・小川《おがわ》・赤座《あかざ》らが、それまでじっと動《うご》かずにいたのに、とつぜん、ほこさきを転《てん》じて、大谷隊《おおたにたい》へ向《む》かってきたのだ。

この二重《にじゅう》のうらぎりにより、大谷隊《おおたにたい》は打撃《だげき》をうけて、壊滅《かいめつ》した。もはや、これまでと、吉継《よしつぐ》は自刃《じじん》した。

三成《みつなり》は歯噛《はが》みした。

「秀秋《ひであき》め、やはりうらぎったか。」

午後《ごご》一時《じ》には、西軍《せいぐん》は総《そう》くずれした。

小西隊《こにしたい》、宇喜多隊《うきたたい》が敗走《はいそう》し、石田隊《いしだたい》も、島左近《しまさこん》が戦死《せんし》し、壊滅《かいめつ》した。

「無念《むねん》。」

三成《みつなり》は、北国街道《ほっこくかいどう》を落《お》ちのびていった。

関ケ原《せきがはら》を脱出《だっしゅつ》したあと、三成《みつなり》は伊吹山中《いぶきさんちゅう》に逃《のが》れた。

(なんとしても、生《い》きのびよう。)

三成《みつなり》は、源頼朝《みなもとのよりとも》を思《おも》った。

(頼朝公《よりともこう》は、平氏討伐《へいしとうばつ》の軍《ぐん》をおこし、石橋山《いしばしやま》で敗《やぶ》れた。そのとき、自害《じがい》せず、身《み》ひとつで逃《のが》れたことで、のちに兵《へい》をあつめ、大軍《たいぐん》をひきいて、平氏《へいし》をたおすことができた。わたしも、頼朝公《よりともこう》のようになるのだ。)

しかし、山中《さんちゅう》をさまよっているときに、生《なま》の稲穂《いなほ》をかじって、飢《う》えをしのいだために、腹《はら》をこわしてしまい、三成《みつなり》は、身動《みうご》きできなくなってしまった。

それでも、農民《のうみん》の与次郎《よじろう》にかくまわれるかたちで、三成《みつなり》は岩窟《がんくつ》に身《み》をひそめた。だが、体調《たいちょう》はもどらず、日《ひ》に日《ひ》に、体《からだ》は弱《よわ》っていった。

(もはや、わたしの天運《てんうん》もつきたか。)

九月《がつ》二十一日《にち》、とうとう三成《みつなり》は、与次郎《よじろう》にいった。

「そなたの厚意《こうい》、ありがたく思《おも》う。されど、もう、わたしは動《うご》けぬゆえ、田中吉政《たなかよしまさ》に知《し》らせてくれ。」

(つかまるのなら、吉政《よしまさ》に。)

三成《みつなり》は、おさないころから親《した》しかった吉政《よしまさ》に、てがらをあたえたいと思《おも》った。

「おそれながら……。」

与次郎《よじろう》は、吉政《よしまさ》の陣《じん》へ行《い》って、三成《みつなり》がひそんでいることをつたえた。

「さようか。」

吉政《よしまさ》は、うなずいた。

「三成《みつなり》どの……。」

三河岡崎城主《みかわおかざきじょうしゅ》の吉政《よしまさ》は、やつれきった三成《みつなり》の姿《すがた》を見《み》て、思《おも》わず涙《なみだ》した。

「田平《でんべい》（吉政《よしまさ》）よ、にら雑炊《ぞうすい》をくれぬか。」

三成《みつなり》は、にら雑炊《ぞうすい》をゆっくりと食《た》べた。衰弱《すいじゃく》しきった体《からだ》に、雑炊《ぞうすい》のおいしさがしみていくようだった。

「かたじけない、田平《でんべい》。これを形見《かたみ》として、もらってくれ。」

三成《みつなり》は、吉政《よしまさ》に、太閤《たいこう》からもらった名刀《めいとう》である、貞宗《さだむね》の脇差《わきざし》をあたえた。

九月二十五日《がつ》《にち》、吉政《よしまさ》は三成《みつなり》を大津《おおつ》の家康《いえやす》の陣《じん》にともなった。

家康《いえやす》はすぐに会《あ》おうとせず、門外《もんがい》に、三成《みつなり》を待《ま》たせた。みじめにしばられた三成《みつなり》の姿《すがた》を見《み》せつけて、豊臣家《とよとみけ》に恩《おん》のある大名《だいみょう》たちに、もはや豊臣家《とよとみけ》の天下《てんか》は終《お》わり、徳川《とくがわ》の天下《てんか》になったのだと、さとらせようとしたのだ。

このとき、福島正則《ふくしままさのり》が馬《うま》にのって、通《とお》りかかった。三成《みつなり》の姿《すがた》を見《み》て、馬上《ばじょう》から、正則《まさのり》はあざけった。

「三成《みつなり》よ、身《み》のほども知《し》らず、内府《ないふ》を相手《あいて》に、いらざる戦《いくさ》をおこして。なんだ、そのぶざまな姿《すがた》は。」

三成《みつなり》は顔《かお》をあげて、いった。

「恩知《おんし》らずめ。きさまを生《い》け捕《ど》りにできなかったのは、いかにも無念《むねん》だと、太閤《たいこう》さまにつたえよう。」

正則《まさのり》は顔《かお》をゆがめて、通《とお》りすぎた。

黒田長政《くろだながまさ》は、三成《みつなり》を見《み》ると、馬《うま》からおりて、みずからの羽織《はおり》をぬいで、三成《みつなり》の体《からだ》にかけた。

「勝敗《しょうはい》は、ときの運《うん》でござる。」

長政《ながまさ》のことばに、三成《みつなり》はだまって、うなずいた。

小早川秀秋《こばやかわひであき》は、細川忠興《ほそかわただおき》が止《と》めるのも聞《き》かずに、門外《もんがい》へ出《で》て、柱《はしら》のかげから、三成《みつなり》をのぞき見《み》ようとした。すると、三成《みつなり》は、その姿《すがた》をみとめて、

「金吾《きんご》（秀秋《ひであき》）かっ。」

と、さけんだ。

「太閤《たいこう》さまの縁者《えんじゃ》でありながら、敵《てき》に身《み》を売《う》った、あさましいうらぎり者《もの》め。きさまのうらぎりは、日本国《にっぽんこく》のつづくかぎり、代々《だいだい》つたえられるであろう。」

秀秋《ひであき》は、真《ま》っ青《さお》になって、その場《ば》から逃《のが》れた。

そのあと、三成《みつなり》はていちょうにあつかわれて、家康《いえやす》に対面《たいめん》した。

三成《みつなり》は、恥《は》じる様子《ようす》もなく、胸《むね》をそらせて、まっすぐに家康《いえやす》を見《み》やった。家康《いえやす》は、感情《かんじょう》をいっさいあらわさない顔《かお》で、三成《みつなり》を見《み》すえ、なにもいわなかった。

そして、三成《みつなり》の身柄《みがら》を、家臣《かしん》の本多正純《ほんだまさずみ》にあずけた。

「戦《いくさ》に敗《やぶ》れたのに、自害《じがい》もせず、縄《なわ》をうけるとは、武門《ぶもん》の恥《はじ》ではないか。」

正純《まさずみ》があわれむようにいうと、三成《みつなり》はいった。

「汝《なんじ》のような小者《こもの》に、大事《だいじ》をおこす者《もの》の心《こころ》は、わからぬ。」

十月一日《がつついたち》、三成《みつなり》は檻《おり》に入《い》れられて、京《きょう》の市内《しない》をひきまわされたうえ、六条河原《ろくじょうがわら》の刑場《けいじょう》へつれていかれた。

とちゅう、三成《みつなり》はのどのかわきをおぼえた。

「白湯《さゆ》をくれぬか。」

三成《みつなり》がいうと、警護《けいご》の役人《やくにん》が、

「湯《ゆ》などない。これでも食《く》え。」

と、干《ほ》し柿《がき》を、檻《おり》のなかに、ほうり投《な》げた。

「柿《かき》は、痰《たん》の毒《どく》だ（お腹《なか》によくない）。」

三成《みつなり》はことわった。

そのころ、柿《かき》は腹《はら》を冷《ひ》やすといわれていて、伊吹山中《いぶきさんちゅう》で腹《はら》をこわしてくるしんだ三成《みつなり》は、それをおそれたのである。

「ふん。いまから首《くび》を切《き》られる者《もの》が、痰《たん》を心配《しんぱい》するとはな。」

役人《やくにん》たちが笑《わら》うと、三成《みつなり》はいった。

「これからなにがおきるか、天《てん》のみが知《し》る。大志《たいし》をいだく者《もの》は、死《し》ぬ寸前《すんぜん》まで、生《せい》を養《やしな》うのだ。」

そのことばに、役人《やくにん》たちはだまってしまった。

慶長《けいちょう》五年《ねん》（一六〇〇年《ねん》）十月一日《がっついたち》、三成《みつなり》は処刑《しょけい》された。

――なによりも、正義《せいぎ》をつらぬかねばならぬ。

その純粋《じゅんすい》な信念《しんねん》で、あくまでも豊臣家《とよとみけ》を守《まも》ろうと、徳川家康《とくがわいえやす》を相手《あいて》に、天下分《てんかわ》け目《め》の戦《いくさ》をおこした、治部少輔《じぶのしょう》、石田三成《いしだみつなり》は、こうして、四十一歳《さい》で波乱《はらん》の生涯《しょうがい》を終《お》えたのであった。

第《だい》二章《しょう》

宇喜多秀家《うきたひでいえ》〈西軍《せいぐん》〉

義《ぎ》をつらぬいた豪勇《ごうゆう》の貴公子《きこうし》

「お願《ねが》いもうしあげる。秀頼《ひでより》ぎみのために、家康討伐《いえやすとうばつ》に、お力《ちから》を貸《か》していただきたい。」

慶長《けいちょう》五年《ねん》（一六〇〇年《ねん》）七月《がつ》、石田三成《いしだみつなり》にそれをうちあけられたとき、宇喜多秀家《うきたひでいえ》は、ふたつ返事《へんじ》で、まようことなく、うなずいた。

「むろん、承知《しょうち》した。秀頼《ひでより》ぎみは、わたしの義兄弟《ぎきょうだい》にあたられるお方《かた》だからな。

――武人《ぶじん》として筋《すじ》を通《とお》し、義《ぎ》を重《おも》んじる。」

それが、豪勇《ごうゆう》で知《し》られた、若《わか》き武将《ぶしょう》、宇喜多秀家《うきたひでいえ》の生《い》き方《かた》だったからだ。

秀家《ひでいえ》は、元亀《げんき》三年《ねん》（一五七二年《ねん》）、備前岡山城《びぜんおかやまじょう》で、宇喜多直家《うきたなおいえ》の次男《じなん》として生《う》まれた。幼名《ようみょう》は、八郎《はちろう》だった。

天正《てんしょう》九年《ねん》（一五八一年《ねん》）に、直家《なおいえ》が病死《びょうし》したとき、八郎《はちろう》はわずか十歳《さい》だった。

「よしよし、直家《なおいえ》とわしは、心《こころ》をゆるしあった、よき友《とも》であった。」

秀吉《ひでよし》は、八郎《はちろう》の頭《あたま》をなでて、いった。

「直家《なおいえ》の子《こ》であるそなたのことは、わしがめんどうを見《み》よう。」

八郎《はちろう》は、秀吉《ひでよし》につれられて、安土城《あづちじょう》の織田信長《おだのぶなが》のもとへ行《い》った。

「なにとぞ、なにとぞ、宇喜多《うきた》家《け》の跡目《あとめ》を、この八郎《はちろう》につがせていただきますように。」

秀吉《ひでよし》は、ひれふして、信長《のぶなが》に願《ねが》いでた。

もともと信長《のぶなが》は、毒殺《どくさつ》や暗殺《あんさつ》などをくりかえして、のしあがってきた宇喜多直家《うきたなおいえ》を信用《しんよう》せず、宇喜多家《うきたけ》をほろぼすつもりでいた。

しかし、毛利《もうり》を攻《せ》めるには、宇喜多軍《うきたぐん》の力《ちから》が欠《か》かせませぬという秀吉《ひでよし》の熱心《ねっしん》なことばに、ついに折《お》れた。

「よかろう。あとをつがせよ。」

信長《のぶなが》はうなずいた。

これで、八郎《はちろう》は、直家《なおいえ》の跡目《あとめ》を相続《そうぞく》することがゆるされた。

その年《とし》に、宇喜多軍《うきたぐん》は、一万《まん》の兵《へい》で、秀吉《ひでよし》とともに、毛利《もうり》攻《ぜ》めにくわわった。明智光秀《あけちみつひで》がむほんをおこし、信長《のぶなが》を自刃《じじん》させた本能寺《ほんのうじ》の変《へん》のあと、秀吉《ひでよし》が、山崎《やまざき》の戦《たたか》いで光秀《みつひで》を敗《やぶ》った。

信長《のぶなが》のあとつぎという秀吉《ひでよし》の地位《ちい》が確立《かくりつ》すると、八郎《はちろう》は、毛利《もうり》から割譲《かつじょう》された領地《りょうち》数郡《すうぐん》をえた。そのことで、宇喜多家《うきたけ》の領地《りょうち》は、備前《びぜん》、備中半国《びっちゅうはんごく》、美作《みまさか》の五十余万石《よまんごく》となり、八郎《はちろう》は十一歳《さい》で、大大名《だいだいみょう》の身《み》となったのだ。

天正《てんしょう》十三年《ねん》（一五八五年《ねん》）、秀吉《ひでよし》が関白《かんぱく》となった年《とし》に、八郎《はちろう》は十四歳《さい》で元服《げんぷく》した。そのとき、秀吉《ひでよし》の「秀《ひで》」と直家《なおいえ》の「家《いえ》」の字《じ》をとって、秀家《ひでいえ》と名《な》のることになった。

秀吉《ひでよし》の猶子《ゆうし》（養子《ようし》）として、このあと、秀家《ひでいえ》は、宇喜多姓《うきたせい》を使《つか》わず、公式《こうしき》には羽柴秀家《はしばひでいえ》、領内《りょうない》では豊臣秀家《とよとみひでいえ》と名《な》のるようになった。

「よし、よし。」

秀吉《ひでよし》は、多《おお》くの猶子《ゆうし》のなかでも、とりわけ秀家《ひでいえ》をかわいがった。

「愛《う》いやつじゃ。」

秀吉《ひでよし》が秀家《ひでいえ》にかくべつに目《め》をかけたのには、いまひとつの理由《りゆう》があった。秀家《ひでいえ》の母《はは》、お福《ふく》は、絶世《ぜっせい》の美人《びじん》であり、秀吉《ひでよし》はお福《ふく》を側室《そくしつ》としたのだ。

「わが子《こ》、秀家《ひでいえ》には、しかるべき地位《ちい》をあたえねばな。」

秀吉《ひでよし》は、朝廷《ちょうてい》にはたらきかけて、秀家《ひでいえ》の官位《かんい》を、つぎつぎに上《あ》げていった。その結果《けっか》、秀家《ひでいえ》は十六歳《さい》で、従三位《じゅさんみ》、左近衛中将《さこんえのちゅうじょう》、参議《さんぎ》となり、若《わか》くして、「備前宰相《びぜんさいしょう》」とよばれるようになった。

「豊臣家《とよとみけ》、前田家《まえだけ》、宇喜多家《うきたけ》の三家《け》が、より強《つよ》くむすばれるのがのぞましい。」

秀吉《ひでよし》はそう考《かんが》え、自分《じぶん》の養女《ようじょ》としていた、前田利家《まえだとしいえ》の四女《じょ》である豪姫《ごうひめ》を、秀家《ひでいえ》の妻《つま》とした。

戦国武将《せんごくぶしょう》きっての美男子《びだんし》といわれた秀家《ひでいえ》と、聡明《そうめい》で美《うつく》しい豪姫《ごうひめ》との仲《なか》は、むつまじく、

「なんと、似合《にあ》いの夫婦《ふうふ》であろう。」

と、秀吉《ひでよし》は目《め》を細《ほそ》めて、よろこんだ。

文禄元年《ぶんろくがんねん》（一五九二年《ねん》）、朝鮮出兵《ちょうせんしゅっぺい》のときには、秀家《ひでいえ》は、十六万《まん》の渡海軍《とかいぐん》の総大将《そうだいしょう》となって、その豪勇《ごうゆう》ぶりを発揮《はっき》し、明《みん》の大軍《たいぐん》を打《う》ち破《やぶ》り、めざましいはたらきをした。その功績《こうせき》により、文《ぶん》禄三年《ろくねん》（一五九四年《ねん》）には、権中納言《ごんちゅうなごん》に任《にん》じられた。

慶長三年《けいちょうねん》（一五九八年《ねん》）、病《やまい》にふした秀吉《ひでよし》は、豊臣家《とよとみけ》を守《まも》るために、五大老《ごたいろう》と五奉行《ごぶぎょう》に政権《せいけん》の重要《じゅうよう》な仕事《しごと》を協力《きょうりょく》してするようにさだめた。

このとき、秀家《ひでいえ》は、徳川家康《とくがわいえやす》、前田利家《まえだとしいえ》、毛利輝元《もうりてるもと》、上杉景勝《うえすぎかげかつ》といった大大名《だいだいみょう》とならんで、二十七歳《さい》で、大老《たいろう》のひとりとなったのである。

とんとん拍子《びょうし》に出世《しゅっせ》していった秀家《ひでいえ》だったが、慶長三年《けいちょうねん》八月《がつ》、秀家《ひでいえ》に、暗《くら》い運命《うんめい》がおとずれた。

病《やまい》のはてに、秀吉《ひでよし》が死去《しきょ》したのだ。

「太閤《たいこう》が、亡《な》くなるとは。」

それまで自分《じぶん》をなにかと保護《ほご》してくれていた秀吉《ひでよし》の死《し》は、秀家《ひでいえ》に、深《ふか》い悲《かな》しみをあたえずにはおかなかった。

さらには、朝鮮出兵《ちょうせんしゅっぺい》による莫大《ばくだい》な出費《しゅっぴ》で、備前《びぜん》は財政難《ざいせいなん》におちいっていた。

秀家《ひでいえ》は、なんとか財政《ざいせい》を立《た》てなおそうと、これまで、あまり厳格《げんかく》におこなわれていなかった検《けん》地《ち》をおこない、税収《ぜいしゅう》をあげようとした。これに対《たい》して、老臣《ろうしん》たちはいさめた。

「国中《くにじゅう》、難儀《なんぎ》となりまする。」

しかし、秀家《ひでいえ》は老臣《ろうしん》たちの意見《いけん》を聞《き》かず、検地《けんち》を断行《だんこう》した。さらに、豪姫《ごうひめ》が前田《まえだ》家《け》からつれてきた付家老《つけがろう》である中村刑部《なかむらぎょうぶ》を、千四百石《こく》から二千石《ごく》に加増《かぞう》し、家老《かろう》の席《せき》にくわえた。

国元《くにもと》の家臣《かしん》たちは、それに怒《おこ》った。

「命《いのち》がけで戦場《せんじょう》をかけぬけた、われら譜代《ふだい》の家臣《かしん》をないがしろにするのか。」

この怒《いか》りには、もうひとつの要素《ようそ》があった。

秀家《ひでいえ》、豪姫《ごうひめ》、刑部《ぎょうぶ》らが、キリシタンとなっていることへの反感《はんかん》があったのだ。というのも、父《ちち》の直家《なおいえ》は、熱心《ねっしん》に日蓮宗《にちれんしゅう》を信《しん》じていて、その影響《えいきょう》で、老臣《ろうしん》たちも日蓮宗《にちれんしゅう》を信仰《しんこう》していたからだ。

戸川逵安《とがわみちやす》、花房正成《はなふさまさなり》などの家臣《かしん》は、秀家《ひでいえ》に抗議《こうぎ》しようと、槍《やり》、鉄砲《てっぽう》をもち、兵《へい》をひきつれ、備《び》前《ぜん》を発《た》って、大坂《おおざか》へ向《む》かった。

これに呼応《こおう》し、秀家《ひでいえ》のいとこにあたる宇喜多詮家《うきたあきいえ》を筆頭《ひっとう》にして、宇喜多家《うきたけ》の重臣《じゅうしん》たちが、秀家《ひでいえ》に反旗《はんき》をひるがえした。

「いざとなれば、決戦《けっせん》じゃ。」

詮家《あきいえ》を総大将《そうだいしょう》にして、重臣《じゅうしん》たちは大坂《おおざか》の屋敷《やしき》にたてこもった。

お家騒動《いえそうどう》は、大谷吉継《おおたによしつぐ》があいだに入《はい》り、そのあと徳川家康《とくがわいえやす》もくわわって、おさめた。

反乱《はんらん》をおこした詮家《あきいえ》や戸川《とがわ》らは、家康《いえやす》にあずけられた。その結果《けっか》、歴戦《れきせん》のつわものたちであった多《おお》くの家臣《かしん》がいなくなり、宇喜多《うきた》家《け》の戦力《せんりょく》はかなり落《お》ちてしまった。

(どうも、おかしい。これは、家康《いえやす》が裏《うら》で糸《いと》をひいているな。)

秀家《ひでいえ》は、うすうすそれを感《かん》じていた。

(豊臣《とよとみ》家《け》の大老《たいろう》のひとりである、宇喜多《うきた》家《け》の力《ちから》をそごうとして、家康《いえやす》が、詮家《あきいえ》らをそそのかしたにちがいない。)

秀家《ひでいえ》が思《おも》ったとおり、坂崎直盛《さかざきなおもり》と名《な》を変《か》えた詮家《あきいえ》をはじめ、秀家《ひでいえ》に反抗《はんこう》した家臣《かしん》らは、のちに関《せき》ケ《が》原《はら》では、東軍《とうぐん》の有力《ゆうりょく》な武将《ぶしょう》として、西軍《せいぐん》と戦《たたか》うことになった。

慶長《けいちょう》五年《ねん》(一六〇〇年《ねん》)の夏《なつ》、大坂城《おおざかじょう》にあつまった西軍《せいぐん》の軍議《ぐんぎ》で、秀家《ひでいえ》はいった。

「われらは、九万《まん》の大軍《たいぐん》。大坂城《おおざかじょう》に籠城《ろうじょう》して、家康《いえやす》をむかえうつなどの作戦《さくせん》はありえない。いざ、出撃《しゅつげき》いたそう。」

西軍《せいぐん》の武将《ぶしょう》たちも、うなずいた。

「いかにも。」

「秀家《ひでいえ》どのの申《もう》されるとおりだ。」

そこで、作戦《さくせん》が決《き》まった。
一、総大将《そうだいしょう》の毛利輝元《もうりてるもと》が、増田長盛《ましたながもり》とともに、大坂城《おおざかじょう》の秀頼《ひでより》ぎみを守《まも》る。
二、副大将《ふくだいしょう》の宇喜多秀家《うきたひでいえ》、石田三成《いしだみつなり》、長束正家《なつかまさいえ》は、美濃《みの》、尾張《おわり》に出撃《しゅつげき》して、家康《いえやす》の西上《さいじょう》にそなえる。
三、大谷吉継《おおたによしつぐ》は、北陸《ほくりく》を攻《せ》める。
四、家康《いえやす》が西上《さいじょう》してきたら、毛利輝元《もうりてるもと》は大坂城《おおざかじょう》から、美濃《みの》、尾張《おわり》に出撃《しゅつげき》して、宇喜多秀家《うきたひでいえ》とともに決戦《けっせん》する。
七月《がつ》十八日《にち》、西軍《せいぐん》は伏見城《ふしみじょう》をあけわたすように、鳥居元忠《とりいもとただ》に使者《ししゃ》をおくった。

しかし、元忠《もとただ》はこれをこばんで、千八百の兵《へい》で、城《しろ》にたてこもった。

西軍《せいぐん》は、十九日《にち》に、宇喜多隊《うきたたい》、小早川隊《こばやかわたい》、島津隊《しまづたい》などの四万《まん》の軍勢《ぐんぜい》で、伏見城《ふしみじょう》を攻《せ》めた。しかし、伏見城《ふしみじょう》は、秀吉《ひでよし》が築《きず》いた名城《めいじょう》であるうえ、家康《いえやす》に死守《ししゅ》せよと命《めい》じられていた元忠《もとただ》が必死《ひっし》で抵《てい》抗《こう》したために、なかなか落《お》ちなかった。

「ええい、まだ落《お》とせぬのか。」

二十五日《にち》、秀家《ひでいえ》はみずから出撃《しゅつげき》し、前線《ぜんせん》におもむいた。

八月一日《がっついたち》、伏見城《ふしみじょう》は全員《ぜんいん》が討《う》ち死《じ》にをして、ようやく落《お》ちたが、西軍《せいぐん》の死傷者《ししょうしゃ》も三千におよんだ。


この伏見城《ふしみじょう》の戦《たたか》いをはじめとして、各地《かくち》で、こぜりあいがつづいた。

八月《がつ》二十三日《にち》、秀家《ひでいえ》は、三成《みつなり》のいる大垣城《おおがきじょう》に入《はい》った。そして、岐阜城《ぎふじょう》を落《お》とし、赤坂付近《あかさかふきん》に布《ふ》陣《じん》している東軍《とうぐん》を見《み》て、提案《ていあん》した。

「岐阜城《ぎふじょう》を落《お》としたことで、いま東軍《とうぐん》は油断《ゆだん》しているはずだ。夜討《ようち》ちをかけよう。」

この作戦《さくせん》には、戦上手《いくさじょうず》といわれていた薩摩《さつま》の島津義弘《しまづよしひろ》も賛成《さんせい》した。

「それはよい。ただちに東軍《とうぐん》を奇襲《きしゅう》いたそう。」

だが、三成《みつなり》はその作戦《さくせん》をしりぞけた。

「夜討《ようう》ちは、できぬ。まだ家康《いえやす》がどこにいるのか、わからぬのだから。それに、この戦《たたか》いは、豊《とよ》臣家《とみけ》を守《まも》るという、正義《せいぎ》の戦《たたか》いである。そのような奇襲《きしゅう》ではなく、正々堂々《せいせいどうどう》とむかえうつべきだ。」

（おろかなことを。）

秀家《ひでいえ》は失望《しつぼう》した。

（いま夜討《よう》ちをかければ、勝《か》てるものを。）

戦上手《いくさじょうず》の秀家《ひでいえ》には、戦《いくさ》なれしていない三成《みつなり》のかたくなさが、はがゆく思《おも》えた。

九月《がつ》十四日《か》、雨《あめ》の降《ふ》るなか、秀家《ひでいえ》は、西軍最大《せいぐんさいだい》の兵力《へいりょく》、一万《まん》八千をひきいて、関ヶ原《せきがはら》に到着《とうちゃく》した。

南天満山《みなみてんまやま》のふもとに、東南《とうなん》に兵《へい》を分《わ》けて、陣《じん》をしいた。宇喜多隊《うきたたい》の前線《ぜんせん》をまかされたのは、家《か》老《ろう》の明石全登《あかしたけのり》だった。

この日《ひ》も、島津義弘《しまづよしひろ》は、奇襲《きしゅう》を主張《しゅちょう》した。

「家康《いえやす》たちは江戸《えど》からの長旅《ながたび》のあとで疲《つか》れておる。今夜《こんや》、奇襲《きしゅう》をかけて、家康《いえやす》の首《くび》をあげようぞ。」

しかし、三成《みつなり》は賛成《さんせい》しなかった。

九月《がつ》十五日《にち》の朝《あさ》、関ヶ原《せきがはら》をおおっていた濃《こ》い霧《きり》がようやくうすれてきたとき、井伊直政《いいなおまさ》の軍勢《ぐんぜい》が、秀家《ひでいえ》の陣《じん》に向《む》かって銃撃《じゅうげき》し、攻《せ》めてきた。

さらには、福島正則《ふくしままさのり》の軍勢《ぐんぜい》が発砲《はっぽう》しながら、突撃《とつげき》してきた。

明石全登《あかしたけのり》は、八千の兵《へい》で、奮戦《ふんせん》し、福島隊《ふくしまたい》をしりぞけた。関ケ原《せきがはら》の戦《たたか》いで、もっとも激戦《げきせん》をくりひろげたのは、この宇喜多隊《うきたたい》と福島隊《ふくしまたい》だった。

東西《とうざい》の軍勢《ぐんぜい》は、一進一退《いっしんいったい》をしながら、戦《たたか》いつづけた。だが、西軍《せいぐん》で実際《じっさい》に戦《たたか》っているのは、小《こ》西行長隊《にしゆきながたい》六千、大谷吉継隊《おおたによしつぐたい》三千、石田三成隊《いしだみつなりたい》六千、宇喜多秀家隊《うきたひでいえたい》一万《まん》八千だけだった。南宮山《なんぐうさん》に布陣《ふじん》していた毛利秀元隊《もうりひでもとたい》は、吉川広家《きっかわひろいえ》が前線《ぜんせん》にいて、進路《しんろ》をふさがれていたし、薩摩《さつま》の島津義弘《しまづよしひろ》隊《たい》は、動《うご》こうとしなかった。

さらに、松尾山《まつおやま》に陣取《じんど》っていた小早川秀秋《こばやかわひであき》が、ここぞというときに、西軍《せいぐん》をうらぎり、一万《まん》三千の兵《へい》で、大谷隊《おおたにたい》を襲《おそ》ってきたのだ。

これが、きっかけとなり、西軍《せいぐん》は総《そう》くずれとなった。

秀家《ひでいえ》は怒《おこ》った。

「おのれっ、小早川秀秋《こばやかわひであき》めっ。」

「松尾山《まつおやま》にのりこみ、金吾《きんご》（秀秋《ひであき》）を、たたき切《き》ってやる。」

秀家《ひでいえ》が馬《うま》を松尾山《まつおやま》に向《む》けようとすると、

「お待《ま》ちくだされ。」

と、明石全登《あかしたけのり》にいさめられた。

「とのは、落《お》ちのびてくだされ。」

「いやだ。」

秀家《ひでいえ》は歯噛《はが》みした。

「武人《ぶじん》の名誉《めいよ》にかけても、うらぎり者《もの》を切《き》らずにおくものか。」

「お願《ねが》いでござる。とのは、ここをひとまず生《い》きのびて、秀頼《ひでより》ぎみを助《たす》けるときを、お待《ま》ちくだされ。」

のちに、大坂《おおざか》の役《えき》で、大坂城《おおざかじょう》の秀頼《ひでより》を守《まも》って戦《たたか》うことになる明石全登《あかしたけのり》のことばに、秀家《ひでいえ》は、ついに、したがった。

秀家《ひでいえ》は、進藤三左衛門正次《しんどうさんさえもんまさつぐ》ひとりをつれ

て、伊吹山《いぶきやま》に身《み》を隠《かく》した。

山中《さんちゅう》を北《きた》に逃《のが》れるうちに、落《お》ち武者《むしゃ》狩《が》りの矢野五右衛門《やのごえもん》に遭遇《そうぐう》した。しかし、五右衛門《ごえもん》は、秀《ひで》秀《ひで》家をあわれに思い、四十日《にち》もかくまった。それから、北近江《きたおうみ》の農家《のうか》に、半年《はんとし》ほど身《み》をひそめたあと、秀家《ひでいえ》は、慶長《けいちょう》六年《ねん》（一六〇一年《ねん》）、堺《さかい》のお福《ふく》の屋敷《やしき》におちついた。

「おう、八郎《はちろう》か。」

「母上《ははうえ》、めんぼくもござらぬ。」

ここで秀家《ひでいえ》は、一年《ねん》二か月《げつ》ひそんでいたが、屋敷《やしき》のまわりを、徳川《とくがわ》の忍《しの》びがさぐっているのを感《かん》じて、あくる慶長《けいちょう》七年《ねん》（一六〇二年《ねん》）に、堺《さかい》から船《ふね》にのり、薩摩《さつま》に入《はい》った。

「宇喜多《うきた》どのが、こられたというのか。」

島津義弘《しまづよしひろ》は、関ヶ原《せきがはら》で同《おな》じ意見《いけん》を持《も》っていた秀家《ひでいえ》をひそかに守《まも》ろうとした。しかし、徳川《とくがわ》の忍《しの》びにかぎつけられたので、家康《いえやす》に、けんめいにとりなした。

「なにとぞ、秀家《ひでいえ》どのをおゆるし願《ねが》いたい。」

家康《いえやす》は、いった。

「よし、罪《つみ》一等《とう》を減《げん》じるゆえに、秀家《ひでいえ》を、駿府《すんぷ》へこさせよ。」

慶長《けいちょう》八年《ねん》（一六〇三年《ねん》）、義弘《よしひろ》の子《こ》である忠恒《ただつね》によって、秀家《ひでいえ》は、家康《いえやす》のもとにつれられていった。

もはや、天下人《てんかびと》としてゆるぎない地位《ちい》をえた家康《いえやす》は、秀家《ひでいえ》を見《み》て、いった。

「苦労《くろう》されたようだな、秀家《ひでいえ》どの。されど、勝負《しょうぶ》は、ときの運《うん》であるからのう。」

家康《いえやす》は、秀家《ひでいえ》をていちょうにあつかったあと、駿河国久能山《するがのくにくのうざん》にとじこめた。それから、八丈島《はちじょうじま》への流罪《るざい》とした。

慶長《けいちょう》十一年《ねん》（一六〇六年《ねん》）、子《こ》の秀高《ひでたか》、秀継《ひでつぐ》と十人《にん》の従者《じゅうしゃ》をつれて、秀家《ひでいえ》は八丈島《はちじょうじま》の大賀《おおか》の郷《さと》へ移《うつ》った。

「これが、わたしの最後《さいご》の地《ち》となるのか。」

その豪勇《ごうゆう》ぶりをうたわれた、若《わか》き貴公子《きこうし》、宇喜多秀家《うきたひでいえ》は、この島《しま》で、五十年《ねん》をすごした。そして、明暦元年《めいれきがんねん》（一六五五年《ねん》）、八十四歳《さい》で、その一生《いっしょう》を終《お》えた。

第《だい》三章《しょう》

大《おお》谷《たに》吉《よし》継《つぐ》〈西軍《せいぐん》〉

友情《ゆうじょう》に生《い》き、友情《ゆうじょう》に死《し》す

慶長《けいちょう》五年《ねん》（一六〇〇年《ねん》）の七月《がつ》、大谷吉継《おおたによしつぐ》は、家康《いえやす》の発《はっ》した動員令《どういんれい》にしたがい、会津《あいづ》討伐軍《とうばつぐん》にくわわろうと、敦賀《つるが》を出《で》た。

吉継《よしつぐ》の領地《りょうち》は、越前敦賀《えちぜんつるが》で五万石《まんごく》だったが、豊臣家《とよとみけ》の直轄領《ちょっかつりょう》十万石《まんごく》の代官《だいかん》もかねていたから、千人《にん》を超《こ》える兵《へい》をひきいていた。

「こたびの戦《いくさ》は、まったく無用《むよう》のもの。」

吉継《よしつぐ》は、敦賀《つるが》を出《で》るときに、家臣《かしん》にいった。

「わたしは、会津《あいづ》の上杉景勝《うえすぎかげかつ》と内府《ないふ》（徳川家康《とくがわいえやす》）とを和解《わかい》させるために、出陣《しゅつじん》するのだ。」

さらに、もうひとつ、吉継《よしつぐ》は、とちゅうで石田三成《いしだみつなり》の佐和山城《さわやまじょう》へ立《た》ち寄《よ》るつもりでいた。できるのなら、三成《みつなり》と、内府《ないふ》とを和解《わかい》させよう。

そう考《かんが》え、三成《みつなり》の嫡男《ちゃくなん》、重家《しげいえ》をみずからの軍《ぐん》にしたがえようと、心《こころ》づもりしていたのだ。しかし、垂井《たるい》まで進《すす》んだときだった。

ぜひに話《はな》したいことがあるので、佐和山城《さわやまじょう》へきてくれと、石田三成《いしだみつなり》のほうからまねかれたのだ。

（なんだろう、ぜひに話《はな》したいこととは。）

吉継《よしつぐ》は思《おも》った。

（まだ四十一歳《さい》の身《み》で、七武将《しちぶしょう》に襲撃《しゅうげき》された責任《せきにん》を問《と》われ、筆頭大老《ひっとうたいろう》である内府《ないふ》に、引退《いんたい》させられ、三成《みつなり》は、さぞ無念《むねん》かもしれぬ。だが、なんとか、内府《ないふ》と仲直《なかなお》りさせて、もとの奉行《ぶぎょう》にもどってもらいたい……。）

七月二日《がつふつか》。

佐和山城《さわやまじょう》で、三成《みつなり》に会《あ》ったとき、吉継《よしつぐ》は息《いき》をのんだ。

視力《しりょく》がおとろえているために、三成《みつなり》の表情《ひょうじょう》はよくわからなかったが、その声《こえ》は、いつものようではなかった。語尾《ごび》がかすかにふるえているのだ。

それは、三成《みつなり》が思《おも》いつめているときのくせだった。

「紀之介《きのすけ》よ。」

三成《みつなり》は、ともに秀吉《ひでよし》の小姓《こしょう》だったときによんでいた名《な》で、吉継《よしつぐ》をよんだ。

「ぜひ、聞《き》いてほしいことがある。」

「なんだ、佐吉《さきち》（三成《みつなり》）。」

たずねながら、吉継《よしつぐ》は不安《ふあん》がこみあげてくるのを感《かん》じた。

（もしかしたら、佐吉《さきち》は。）

頭《あたま》によぎった考《かんが》えを、吉継《よしつぐ》は打《う》ち消《け》した。

（いや、まさか、そのようなことを、くわだてるわけがない。）

三成《みつなり》は、ふうっと息《いき》を吐《は》いたあと、意《い》を決《けっ》したように、いった。

「わたしは、家康《いえやす》をたおそうと思《おも》う。」

吉継《よしつぐ》は、がくぜんとした。不安《ふあん》が的中《てきちゅう》したのだ。

「やめよ、佐吉《さきち》。」

そのことばが、すぐに、口《くち》をついて出《で》た。

「いや、やめぬ。考《かんが》えぬいたすえに決《き》めたのだ。紀之介《きのすけ》、そなたも、ともに立《た》ちあがってくれ。」

三成《みつなり》はいった。

「馬鹿《ばか》な。そのようなくわだてが、うまくいくはずがない。」

吉継《よしつぐ》は、ほとんど視力《しりょく》の失《うしな》われた目《め》で、三成《みつなり》の顔《かお》を、見《み》やった。

「よいか、内府《ないふ》は、筆頭大老《ひっとうたいろう》であり、太閤《たいこう》亡《な》きいま、ほかにならぶべき者《もの》がいない実力者《じつりょくしゃ》だ。関《かん》東八州《とうはっしゅう》二百五十万石《まんごく》の領地《りょうち》をもち、その兵《へい》の数《かず》は、われらとはくらべものにならぬ。十九万《まん》四千石《ごく》のそなたが、勝《か》てる相手《あいて》ではない。」

「勝《か》てる、勝《か》てないは、ときの運《うん》。」

声《こえ》に力《ちから》をこめて、三成《みつなり》はいった。

「わたしには、豊臣家《とよとみけ》を守《まも》り、おさない秀頼《ひでより》ぎみを守《まも》るという大義《たいぎ》がある。この大義《たいぎ》のもとに、反徳川《はんとくがわ》の兵《へい》をあつめれば、勝利《しょうり》も夢《ゆめ》ではない。」

「夢《ゆめ》だ。」

吉継《よしつぐ》は首《くび》をふり、声《こえ》を強《つよ》くして、いった。

「いかに兵《へい》をあつめようとも、内府《ないふ》には勝《か》てぬ。なによりも、内府《ないふ》には、諸大名《しょだいみょう》をしたがえる武《ぶ》力《りょく》と人望《じんぼう》、名声《めいせい》がある。やめよ、佐吉《さきち》。」

「いや、やめぬ。」

三成《みつなり》は、声《こえ》をたかぶらせた。

「このくわだてには、ほかの大老《たいろう》である、毛利輝元《もうりてるもと》どのや宇喜多秀家《うきたひでいえ》どのをひきいれる。それに、太閤《たいこう》の恩《おん》を忘《わす》れぬ大名《だいみょう》たちは、全国《ぜんこく》に、数多《かずおお》くいる。かれらをあつめれば、家康《いえやす》を打倒《だとう》できる。」

「そのようなこと。」

吉継《よしつぐ》は、いった。

「いま内府《ないふ》は、五十九歳《さい》。太閤《たいこう》と利家《としいえ》どのが六十二歳《さい》で亡《な》くなられたように、それほどさきは長《なが》くない。そのうちに、秀頼《ひでより》ぎみが成長《せいちょう》される。そのときまで、じっと待《ま》てば、よいではないか。」

吉継《よしつぐ》は三成《みつなり》のくわだてをけんめいに思《おも》いとどまらせようとした。

「いや、待《ま》てぬ。」

三成《みつなり》は声《こえ》をふるわせて、いった。

「家康《いえやす》をこのままにしておけば、豊臣家《とよとみけ》の天下《てんか》はうばわれてしまう。いま動《うご》かなければ、後悔《こうかい》することになる。」

「おろかな。内府《ないふ》とまともに戦《たたか》って、勝《か》てるわけがない。その考《かんが》えは、捨《す》てよ、佐吉《さきち》。」

家康《いえやす》打倒《だとう》をやめさせようとする吉継《よしつぐ》のことばを、しかし、三成《みつなり》はけっして聞《き》こうとしなかった。たがいに、くいちがう意見《いけん》をいいあって、その場《ば》は、ものわかれになった。

吉継《よしつぐ》はいったん、佐和山城《さわやまじょう》をはなれ、垂井《たるい》の宿《やど》にもどった。

（こまった。）

吉継《よしつぐ》はため息《いき》をついた。

（あの性格《せいかく》だ。一度《いちど》決《き》めたら、佐吉《さきち》は、考《かんが》えを変《か》えるまい。）

吉継《よしつぐ》には、三成《みつなり》が家康《いえやす》に勝《か》てるとは、どうしても思《おも》えなかった。とうてい無理《むり》だ。このくわだては、失敗《しっぱい》に終《お》わる。それが見《み》えていた。しかし、それほど重大《じゅうだい》なことを、あえて自分《じぶん》にうちあけた三成《みつなり》の友情《ゆうじょう》を、むげにしりぞけることはできなかった。

（どうするべきか。）

吉継《よしつぐ》は思《おも》った。

（わたしはもう、長《なが》くない。）

吉継《よしつぐ》はみずからの体《からだ》を考《かんが》えた。

若《わか》いころに、重《おも》い病《やまい》にかかって、いまや体力《たいりょく》はおとろえ、目《め》もほとんど見《み》えないようになっていた。

（佐吉《さきち》よ。どうあっても、内府《ないふ》と戦《たたか》うというのか。）

吉継《よしつぐ》は、まだ秀吉《ひでよし》が元気《げんき》だったころにひらかれた、茶会《ちゃかい》でのできごとを思《おも》った。

それは、天正《てんしょう》十五年《ねん》（一五八七年《ねん》）、大坂城《おおざかじょう》で秀吉《ひでよし》がひらいた茶会《ちゃかい》のときのことだった。

秀吉《ひでよし》みずからがたてた茶《ちゃ》の入《はい》った茶碗《ちゃわん》を、しきたりどおり、諸侯《しょこう》は、一口《ひとくち》ずつのんでは、つぎの者《もの》にまわしていた。そのころ、吉継《よしつぐ》はすでに病《やまい》にむしばまれていて、その徴候《ちょうこう》が顔《かお》にもあらわれていた。

そして、茶碗《ちゃわん》が吉継《よしつぐ》のところにまわってきた。

吉継《よしつぐ》が茶《ちゃ》をわずかにのんだあと、顔《かお》をむしばんでいた膿《うみ》がひとすじたれて、茶碗《ちゃわん》のなかにぽたりと落《お》ちたのだ。

（しまった。）

吉継《よしつぐ》はあせった。

（茶《ちゃ》を替《か》えてほしい。）

だが、秀吉《ひでよし》は、そのことに気《き》づいていない様子《ようす》だった。諸侯《しょこう》のあいだに、緊張《きんちょう》と動揺《どうよう》が走《はし》った。吉継《よしつぐ》の病《やまい》は現代《げんだい》ほど医学《いがく》がすすんでいなかった当時《とうじ》はうつると信《しん》じられていたのだ。

あれをのめば、病《やまい》がうつるのではないか。諸侯《しょこう》は、それをおそれ、のむふりだけをして、つぎの者《もの》へ、つぎの者《もの》へと、茶碗《ちゃわん》をわたしていった。

やがて、茶碗《ちゃわん》が三成《みつなり》のもとへきた。

三成《みつなり》は茶碗《ちゃわん》をうけとると、それを高々《たかだか》とかかげてから、ぐいっと、すべてのみほしてしまった。

そして、ほがらかな声《こえ》で、秀吉《ひでよし》にいった。

「あまりに美味《びみ》だったゆえ、のみほしてしまいました。もうしわけありませぬが、もう一杯《いっぱい》、茶《ちゃ》をたてていただけませぬか。」

秀吉《ひでよし》は、上機嫌《じょうきげん》でうなずいた。

（すまぬ、佐吉《さきち》。）

吉継《よしつぐ》の目《め》から、熱《あつ》い涙《なみだ》がこぼれた。

（わたしをすくってくれたか。）

少年《しょうねん》のころから、かたい友情《ゆうじょう》でむすばれていた吉継《よしつぐ》のことを、三成《みつなり》は、つねづね、こういっていた。

——紀之介《きのすけ》ほどの友《とも》をえたのは、わたしのほこりだ。

そういっていた三成《みつなり》の、自分《じぶん》に対《たい》する、いつわりのない、まことの気持《きも》ちが、吉継《よしつぐ》の胸《むね》を打《う》ったのだ。

茶会《ちゃかい》のあとで、吉継《よしつぐ》は、家臣《かしん》にいった。

「佐吉《さきち》のためなら、命《いのち》もいらぬ。」

吉継《よしつぐ》は、佐和山城《さわやまじょう》へ、使者《ししゃ》をおくった。

（佐吉《さきち》を、むざむざ死《し》なせてはならぬ。）

その思《おも》いで、三成《みつなり》の心《こころ》を変《か》えさせようとしたのだ。しかし、幾度《いくど》、使者《ししゃ》をおくっても、三成《みつなり》からの返事《へんじ》は変《か》わらなかった。九日間《ここのかかん》、吉継《よしつぐ》は思《おも》いなやんだ。

吉継《よしつぐ》は、じつは家康《いえやす》とも親《した》しかった。

慶長四年《けいちょうねん》(一五九九年《ねん》)に、前田利家《まえだとしいえ》と家康《いえやす》が戦《いくさ》をするといううわさがひろまったときに、吉《よし》継《つぐ》は、すぐに家康《いえやす》のもとへ、駆《か》けつけたほどだった。

しかし、家康《いえやす》との親交《しんこう》よりもなによりも、吉継《よしつぐ》には三成《みつなり》との熱《あつ》い友情《ゆうじょう》がたいせつだった。

(やむをえぬ。あくまでも豊臣家《とよとみけ》を守《まも》りぬこうとする佐吉《さきち》を、見捨《みす》てることなど、わたしにはできぬ。)

吉継《よしつぐ》はとうとう心《こころ》を決《き》めた。

七月十一日《がつにち》、吉継《よしつぐ》は三千の兵《へい》をひきいて、佐和山城《さわやまじょう》へ向《む》かった。

(ともに太閤《たいこう》のもとで生《い》きてきたのだ。佐吉《さきち》をただひとり死《し》なせることはできぬ。ともに、死《し》のう。)

城《しろ》へ向《む》かいながら、吉継《よしつぐ》は、みずからの生涯《しょうがい》を思《おも》った。

吉継《よしつぐ》は、永禄二年《えいろくねん》(一五五九年《ねん》)、近江《おうみ》に生《う》まれた。

秀吉《ひでよし》が近江長浜《おうみながはま》の大名《だいみょう》となったあくる年《とし》、三成《みつなり》とともに、吉継《よしつぐ》は城《しろ》によびだされ、小姓《こしょう》となった。吉継《よしつぐ》の聡明《そうめい》さとすぐれた知略《ちりゃく》、一本気《いっぽんぎ》な心根《こころね》は、秀吉《ひでよし》にみとめられ、有能《ゆうのう》な側近《そっきん》となり、奉《ぶ》行《ぎょう》となっていった。

声《こえ》を荒《あら》らげない、ものしずかな性格《せいかく》から、戦《いくさ》において、清正《きよまさ》や正則《まさのり》たち「武断派《ぶだんは》」のような、めだったはたらきをしたことは少《すく》なかったが、秀吉《ひでよし》は、吉継《よしつぐ》の武勇《ぶゆう》をひそかに買《か》っていた。

ある夜《よる》、秀吉《ひでよし》は武将《ぶしょう》たちの前《まえ》で、こういった。

——わしは、紀之介《きのすけ》に、気《き》の毒《どく》なことをしてきた。そばで使《つか》うことばかりで、戦《いくさ》をまかせたことはなかったが、いま思《おも》えば、紀之介《きのすけ》には、百万《まん》の兵《へい》をあたえて、ぞんぶんに戦《たたか》わせてみたかった。

すると、いならぶ武将《ぶしょう》たちは、みな、深《ふか》くうなずいた。

なによりも、吉継《よしつぐ》のすぐれた知略《ちりゃく》と、ここぞというときの度胸《どきょう》のよさは、ひろく知《し》られていたからである。

「味方《みかた》してくれるか、紀之介《きのすけ》。」

三成《みつなり》は、たずねた。

「うむ。」

吉継《よしつぐ》はうなずくと、

「そなたに味方《みかた》する。」

と、悩《なや》みに悩《なや》んだあとの、なにもかもふっきれた声《こえ》で、いった。

三成《みつなり》は、吉継《よしつぐ》の手《て》をとった。三成《みつなり》が男泣《おとこな》きに泣《な》いているのが、視力《しりょく》が失《うしな》われつつある吉継《よしつぐ》にもわかった。

「ただし、味方《みかた》するにあたっては、そなたにいいたいことがある。」

「なんだ、紀之介《きのすけ》。」

三成《みつなり》は涙声《なみだごえ》でいった。

「なんでも、いってくれ。」

「よいか、佐吉《さきち》。」

吉継《よしつぐ》は、しっかりとした声《こえ》で、いった。

「そなたは、ふだんから、横柄《おうへい》だと思《おも》われておる。そのことから、豊臣家《とよとみけ》の安泰《あんたい》を思《おも》う者《もの》すら、そなたにつくくらいなら、内府《ないふ》につこうとする。それゆえ、内府《ないふ》と戦《たたか》うつもりなら、安芸中納言《あきちゅうなごん》(毛利輝元《もうりてるもと》)か、備前宰相《びぜんさいしょう》(宇喜多秀家《うきたひでいえ》)を上《うえ》に立《た》て、そなたは表《おもて》に立《た》たぬことだ。」

「承知《しょうち》した。」

「佐吉《さきち》よ、そなたは知慮才覚《ちりょさいかく》においては、天下《てんか》にならぶ者《もの》がいない。されど、勇気《ゆうき》と決断力《けつだんりょく》に欠《か》けるところがある。」

三成《みつなり》はうなずいて、いった。

「よく、いってくれた、紀之介《きのすけ》。わたしもそう思《おも》っておる。」

慶長《けいちょう》五年《ねん》(一六〇〇年《ねん》)八月《がつ》、北陸《ほくりく》を攻《せ》めたあと、吉継《よしつぐ》は、三成《みつなり》の要請《ようせい》をうけて、平塚為広《ひらつかためひろ》、戸田重政《とだしげまさ》、脇坂安治《わきざかやすはる》、朽木元綱《くつきもとつな》、小川祐忠《おがわすけただ》、赤座直保《あかざなおやす》ら、六人《にん》の小大名《しょうだいみょう》をひきいて、九月《がつ》に、美濃《みの》へ進出《しんしゅつ》した。

そして、九月《がつ》十五日《にち》、関ヶ原《せきがはら》の南西《なんせい》にある山中村《やまなかむら》に、三千の兵《へい》で布陣《ふじん》した。病《やまい》で身動《みうご》きがままならなかったので、頭巾《ずきん》をかむり、板輿《いたこし》にのって、指揮《しき》をとった。

(どうも、小早川《こばやかわ》の動向《どうこう》がはっきりしない。もしかしたら、家康《いえやす》にとりこまれているのではないか。)

吉継《よしつぐ》には、それが感《かん》じられた。

そのために、もしも小早川《こばやかわ》がうらぎったときにそなえ、平塚《ひらつか》、戸田《とだ》らの、選《え》りすぐりの兵《へい》、六百をひかえさせた。さらには、脇坂《わきざか》・朽木《くつき》・小川《おがわ》・赤座《あかざ》の四隊《たい》、四千二百に、そのことをつたえておいた。

小雨《こさめ》がやみ、濃《こ》い霧《きり》がたちこめている関ヶ原《せきがはら》で、吉継《よしつぐ》は思《おも》った。

(これが、最後《さいご》の戦《いくさ》になろう。)

西軍《せいぐん》が、家康《いえやす》のひきいる東軍《とうぐん》に勝《か》てるとは、思《おも》えなかった。三成《みつなり》ひとりは、ゆるぎない、かたい意志《いし》をもっていたが、西軍《せいぐん》のそれぞれの大名《だいみょう》たちは、総大将《そうだいしょう》の毛利輝元《もうりてるもと》をはじめ、気持《きも》ちがばらばらだった。

(勝《か》つことはできないまでも、武人《ぶじん》としてのほこりだけは、失《うしな》うまい。)

吉継《よしつぐ》は、ほとんど見《み》えない目《め》で、戦《いくさ》の火《ひ》ぶたが切《き》られる、そのときを待《ま》った。

やがて、午前《ごぜん》八時《じ》に、銃声《じゅうせい》がとどろいた。

同時《どうじ》に、吉継《よしつぐ》の隊《たい》には、東軍《とうぐん》の藤堂高虎《とうどうたかとら》と京極高知《きょうごくたかとも》のふたつの隊《たい》が突撃《とつげき》してきた。

「撃《う》ちかえせっ。ひるむなっ。」

板輿《いたこし》にのった吉継《よしつぐ》は、戦場《せんじょう》を駆《か》けめぐりながら、声《こえ》をからして、命《めい》じた。

「押《お》しもどせっ。」

吉継《よしつぐ》の気迫《きはく》がのりうつったように、大谷隊《おおたにたい》は、よく戦《たたか》った。藤堂隊《とうどうたい》二千五百と京極隊《きょうごくたい》三千を相《あい》

手《て》にして、善戦《ぜんせん》した。むしろ、押《お》しぎみだった。

ところが、正午《しょうご》ごろだった。

松尾山《まつおやま》にひかえていた小早川秀秋隊《こばやかわひであきたい》の一万《まん》三千が、とつぜん、山《やま》をおりて、大谷隊《おおたにたい》に攻《せ》めかかってきた。

「やはり、秀秋《ひであき》め、うらぎったか。」

そのことを予想《よそう》していた吉継《よしつぐ》は、かねて準備《じゅんび》していた兵《へい》六百に、むかえうたせた。

二回《かい》、三回《かい》と、小早川隊《こばやかわたい》を山《やま》へ押《お》しかえした。

しかし、それは、とつぜんおきた。秀秋《ひであき》のうらぎりにそなえて吉継《よしつぐ》の指揮《しき》のもとに配置《はいち》していたはずの脇坂《わきざか》・朽木《くつき》・小川《おがわ》・赤座《あかざ》の四隊《たい》が、ふいに、四千二百の兵《へい》を、大谷隊《おおたにたい》へ向《む》けてきたのだ。

「まさか。」

大谷隊《おおたにたい》は、正面《しょうめん》からは、藤堂隊《とうどうたい》と京極隊《きょうごくたい》、側面《そくめん》からは、脇坂《わきざか》・朽木《くつき》らの隊《たい》、背後《はいご》からは、小早《こばや》川隊《かわたい》に攻《せ》められ、もちこたえきれずに、大《おお》くずれした。

「もはや、これまでか。」

吉継《よしつぐ》は、そのときがきたのを知《し》った。

「佐吉《さきち》よ。」

吉継《よしつぐ》は、同《おな》じ空《そら》の下《した》で、戦《たたか》っているであろう三成《みつなり》に向《む》かって、いった。

「わしは、さきに行《い》く。太閤殿下《たいこうでんか》に、さきにお会《あ》いする。」

頭巾《ずきん》の下《した》で、涙《なみだ》を流《なが》し、

「わが首《くび》は、隠《かく》せ。」

と、側近《そっきん》の湯浅五助《ゆあさごすけ》にいって、吉継《よしつぐ》は自害《じがい》した。

負《ま》け戦《いくさ》をかくごしながらも、三成《みつなり》との友情《ゆうじょう》に殉《じゅん》じて戦《たたか》い、壮烈《そうれつ》な死《し》をむかえたのである。

大谷吉継《おおたによしつぐ》は、このとき、四十二歳《さい》であった。

「との。」

五助《ごすけ》は泣《な》きながら、吉継《よしつぐ》の首《くび》を、敵《てき》にみつからないように、関ケ原《せきがはら》の地深《ちふか》くに埋《う》めた。

そして、その首《くび》は、吉継《よしつぐ》ののぞみどおり、東軍《とうぐん》にみつかることなく、ゆくえ知《し》れずとなったのであった。

第《だい》四章《しょう》

島《しま》津《づ》義《よし》弘《ひろ》〈西軍《せいぐん》〉

少数《しょうすう》で敵中《てきちゅう》を突破《とっぱ》した、勇猛《ゆうもう》な薩摩武士《さつまぶし》

慶長《けいちょう》五年《ねん》（一六〇〇年《ねん》）七月七日《がつなのか》、薩摩《さつま》の島津義弘《しまづよしひろ》は、千人《にん》の兵《へい》をひきいて、伏見城《ふしみじょう》へおもむいた。

五十八万《まん》七千石《ごく》の島津氏《しまづし》は、二万《まん》の兵《へい》を動《うご》かすことができた。しかし、その土地《とち》は、やせた火山灰地《ざんばいち》が多《おお》く、実高《じつだか》は三十万石《まんごく》ほどだった。それに、そのころ島津氏《しまづし》は、無理《むり》な朝鮮出兵《ちょうせんしゅっぺい》などで、財政《ざいせい》にくるしんでいた。

そのために、島津隊《しまづたい》は、このとき、わずか千人《にん》しか、いなかった。

それでも、義弘《よしひろ》は、家康《いえやす》と約束《やくそく》したことを守《まも》り、伏見城《ふしみじょう》へ入城《にゅうじょう》しようとした。

「われら、薩摩勢《さつまぜい》がともに、お城《しろ》をお守《まも》りいたす。城《しろ》に入《い》れてもらいたい。」

義弘《よしひろ》は、家臣《かしん》の新納旅庵《にいろりょあん》を通《つう》じて、城方《しろがた》と交渉《こうしょう》した。しかし、伏見城《ふしみじょう》を守《まも》っていた鳥居元忠《とりいもとただ》は、それをこばんだ。

「できませぬ。」

「なにゆえに、できぬといわれるのか。」

すると、元忠《もとただ》はかたくなに、いった。

「できぬから、できぬのでござる。内府《ないふ》（徳川家康《とくがわいえやす》）から、だれもこの城《しろ》に入《い》れるなと、いいつけられておりますゆえ。」

旅庵《りょあん》はもどって、義弘《よしひろ》に、そのことを告《つ》げた。

「馬鹿《ばか》な。」

義弘《よしひろ》はいった。

「内府《ないふ》は、わしにこういわれた。——上杉景勝《うえすぎかげかつ》に上洛《じょうらく》するように使者《ししゃ》を出《だ》したが、返答《へんとう》しだいでは、会津討伐《あいづとうばつ》にでかけることになろう。そのときは、島津《しまづ》どのに伏見城《ふしみじょう》の留守《るす》を守《まも》っていただきたい、と。その話《はなし》を、城《しろ》の者《もの》にせよ。」

けれど、旅庵《りょあん》の話《はなし》を、元忠《もとただ》は聞《き》こうとしなかった。

「われら、内府《ないふ》から、そのような話《はなし》は聞《き》いておらぬ。おそらく、島津《しまづ》が伏見城《ふしみじょう》をうばおうとしての策略《さくりゃく》であろう。」

元忠《もとただ》は、義弘《よしひろ》を疑《うたが》い、

「それ、薩摩勢《さつまぜい》を追《お》いはらえ。」

と、旅庵《りょあん》に銃弾《じゅうだん》を浴《あ》びせかけた。命《いのち》からがら逃《に》げもどった旅庵《りょあん》は、義弘《よしひろ》にそれを報告《ほうこく》した。

「うぬっ。」

義弘《よしひろ》は怒《おこ》った。

「なんたること。内府《ないふ》は、口先《くちさき》だけで、わしを信用《しんよう》していなかったのか。」

義弘《よしひろ》は、心《こころ》を決《き》めた。

「ならば、三成《みつなり》に味方《みかた》しよう。」

わずか千人《にん》しかいない島津隊《しまづたい》は、西軍《せいぐん》にかこまれたら、ひとたまりもなかった。ここにおいて、義弘《よしひろ》は、大坂城《おおざかじょう》へ行《い》き、西軍《せいぐん》の大名《だいみょう》として、家康方《いえやすがた》と戦《たたか》うことになった。

しかし、このことが、義弘《よしひろ》にとっては、命《いのち》びろいする結果《けっか》になった。

それというのも、七月《がつ》十九日《にち》より、伏見城《ふしみじょう》は義弘《よしひろ》や小早川《こばやかわ》、宇喜多《うきた》らの西軍《せいぐん》四万《まん》に攻《せ》められて、激闘《げきとう》のすえに、八月一日《がつついたち》、落《お》ちたのである。城内《じょうない》の兵《へい》は、鳥居元忠《とりいもとただ》以下《いか》、千八百人全員《にんぜんいん》が討《う》ち死《じ》にした。

(もしも、わしが、元忠《もとただ》にこばまれることなく、入城《にゅうじょう》していたら、命《いのち》はなかったろう。)

義弘《よしひろ》は思《おも》った。

(わしは、ついておる。)

しかし、そのあと、義弘《よしひろ》はあやういめにあうことになった。

八月《がつ》二十三日《にち》、三成《みつなり》の作戦《さくせん》にしたがって、島津隊《しまづたい》は、大垣城《おおがきじょう》から四キロの墨俣《すのまた》の地《ち》で、先鋒《せんぽう》として、三成隊《みつなりたい》とともに、陣《じん》をしいた。

ところが、三成《みつなり》は、岐阜城《ぎふじょう》が落《お》ちたことを聞《き》くと、島津隊《しまづたい》をのこして、大垣城《おおがきじょう》へ撤退《てったい》しようとした。

「なにっ。」

義弘《よしひろ》はあせった。

もしも、三成隊《みつなりたい》が大垣城《おおがきじょう》にもどってしまうと、西軍《せいぐん》の先頭《せんとう》に立《た》つ島津隊《しまづたい》は、東軍《とうぐん》のまっただなかに、ぽつんと取《と》りのこされてしまうことになるからだ。

「待《ま》ってくれ。撤退《てったい》は、わが隊《たい》がひきあげてからにしてくれ。」

義弘《よしひろ》は三成《みつなり》にたのんだ。

(たった千の軍勢《ぐんぜい》では、たちまち、のみこまれてしまう。)

しかし、三成《みつなり》は、義弘《よしひろ》のことばに耳《みみ》を貸《か》さず、さっさと大垣城《おおがきじょう》へひきあげてしまった。

「おのれっ、三成《みつなり》。」

義弘《よしひろ》は歯噛《はが》みした。

「義《ぎ》を知《し》らぬやつめ。わしは、そんなやつに組《く》したのか。」

大軍《たいぐん》のなかで孤立《こりつ》してしまった島津隊《しまづたい》は、義弘《よしひろ》の戦略《せんりゃく》で、なんとか大垣城《おおがきじょう》へ逃《に》げこむことができた。

「あやつめ。」

義弘《よしひろ》は、島津隊《しまづたい》を見捨《みす》てた三成《みつなり》を憎《にく》んだ。

その夜《よる》、宇喜多秀家《うきたひでいえ》が一万《まん》八千の大軍《たいぐん》をひきいて、大垣城《おおがきじょう》に到着《とうちゃく》した。

「岐阜城《ぎふじょう》を落《お》としたことで、いま東軍《とうぐん》は油断《ゆだん》しているはずだ。夜討《よう》ちをかけよう。」

と、秀家《ひでいえ》は提案《ていあん》した。

「それはよい。」

義弘《よしひろ》はいった。

「東軍《とうぐん》を奇襲《きしゅう》いたそう。」

島津《しまづ》のほこる勇猛《ゆうもう》な千の兵《へい》を、ぞんぶんにはたらかせるには、まさしく、夜討《よう》ちがふさわしかった。

(宇喜多隊《うきたたい》と石田隊《いしだたい》、それにわしら島津隊《しまづたい》が、ふいをついて、夜討《よう》ちをかければ、東軍《とうぐん》は大《おお》くずれする。)

「鬼島津《おにしまづ》」と呼《よ》ばれ、無類《むるい》の戦上手《いくさじょうず》として知《し》られた義弘《よしひろ》には、その自信《じしん》があった。

(数《かず》こそ少《すく》ないが、薩摩兵《さつまへい》が本気《ほんき》で戦《たたか》えば、いかに強《つよ》いか、見《み》せつけてやる。)

だが、三成《みつなり》はうなずかなかった。

「夜討《ようち》ちは、できぬ。まだ家康《いえやす》がどこにいるのか、わからぬのだから。それに、この戦《たたか》いは、豊臣家《とよとみけ》を守《まも》るという、正義《せいぎ》の戦《たたか》いである。そのような奇襲《きしゅう》ではなく、正々堂々《せいせいどうどう》とむかえうつべきだ。」

義弘《よしひろ》は、はらわたがにえくりかえった。

(戦《いくさ》を知《し》らぬ、おろか者《もの》が。)

義弘《よしひろ》のなかで、三成《みつなり》がひきいる西軍《せいぐん》への失望《しつぼう》がひろがり、ふつふつとたぎっていた闘志《とうし》が急激《きゅうげき》にしぼんでいった。

九月《がつ》十四日《か》。

東軍《とうぐん》が布陣《ふじん》している赤坂《あかさか》に家康《いえやす》がきたという知《し》らせに、義弘《よしひろ》は、強《つよ》く主張《しゅちょう》した。

「家康《いえやす》たちは江戸《えど》からの長旅《ながたび》のあとで疲《つか》れておる。今夜《こんや》、奇襲《きしゅう》をかけて、家康《いえやす》の首《くび》をあげようぞ。」

しかし、今度《こんど》も、三成《みつなり》は賛成《さんせい》しなかった。

(うぬっ。わしの作戦《さくせん》をことごとくしりぞけおって。)

義弘《よしひろ》は決意《けつい》した。

(そういうことなら、わしにも考《かんが》えがある。)

九月《がつ》十五日《にち》。

井伊直政《いいなおまさ》の銃撃《じゅうげき》から、関ケ原《せきがはら》の大決戦《だいけっせん》が、ついにはじまった。

「よいか。われらは、動《うご》かぬ。」

島津義弘《しまづよしひろ》は、兵《へい》たちにいいわたした。

「昨夜《さくや》も、わしは奇襲《きしゅう》をするようにいったが、三成《みつなり》めにしりぞけられた。戦《いくさ》がなんたるものか、いっこうに知《し》らぬ、おろかな三成《みつなり》のもとでは、もはや、戦《いくさ》などできぬ。」

向《む》こうから攻《せ》めてきたときは、反撃《はんげき》こそしたが、島津隊《しまづたい》は、東軍《とうぐん》と積極的《せっきょくてき》に戦《たたか》おうとはしなかった。

「助勢《じょせい》をお願《ねが》いいたす。」

と、三成《みつなり》から、必死《ひっし》の要請《ようせい》がきたときも、知《し》らぬふりをした。

やがて、松尾山《まつおやま》に陣取《じんど》っていた小早川秀秋《こばやかわひであき》のうらぎりにより、西軍《せいぐん》は大《おお》くずれした。

小西行長隊《こにしゆきながたい》や宇喜多秀家隊《うきたひでいえたい》が敗走《はいそう》してきて、すくいをもとめてきたときも、島津隊《しまづたい》は、銃口《じゅうこう》を向《む》けて、冷《つめ》たく追《お》いはらった。

（われらには、西軍《せいぐん》も、東軍《とうぐん》もない。）

義弘《よしひろ》は思《おも》った。

（なりゆきで、西軍《せいぐん》についたが、それはわれらの本意《ほんい》ではない。）

だが、勝《か》ち戦《いくさ》に勢《いきお》いづく東軍《とうぐん》は、そんな島津隊《しまづたい》にも、襲《おそ》いかかってきた。

「きたかっ。」

義弘《よしひろ》は、はねかえそうとした。だが、島津隊《しまづたい》は、わずか千人《にん》であり、みるみる兵《へい》が討《う》たれていった。

いつかしら、その数《かず》は、三百しかのこっていなかった。

島津隊《しまづたい》は、もしも西軍《せいぐん》が敗《やぶ》れたときは、伊吹山《いぶきやま》に逃《のが》れることになっていたが、義弘《よしひろ》は、敵《てき》にうしろを見《み》せて逃《に》げるようなことをしたくなかった。

「よいか。みなの者《もの》。」

義弘《よしひろ》はいった。

「われらは薩摩武士《さつまぶし》。こそこそと逃《に》げたりはせぬ。これから、敵《てき》のなかを突破《とっぱ》する。」

それは、死中《しちゅう》に活《かつ》をもとめる作戦《さくせん》ではあったが、全員《ぜんいん》で、討《う》ち死《じ》にするぞといっているにひとしかった。

だが、島津隊《しまづたい》は、義弘《よしひろ》のことばに燃《も》えた。

「おうっ。」

「とのを守《まも》れっ。」

こうして、勝《か》ち戦《いくさ》によろこぶ東軍《とうぐん》のまっただなかに、島津隊《しまづたい》は飛《と》びこんでいった。

もともと薩摩《さつま》には、代々《だいだい》の決《き》まりがあった。

――大将《たいしょう》の首《くび》を、敵《てき》にまかせるな。それができぬときは、ことごとく討《う》ち死《じ》にすべし。

「うおおおっ。」

死《し》をおそれない島津隊《しまづたい》の突撃《とつげき》は、東軍《とうぐん》をあわてさせた。

「なんだ、あやつら。」

「島津《しまづ》かっ。」

喚声《かんせい》をあげて、一兵一兵《いっぺいいっぺい》が、火《ひ》の玉《たま》となって戦《たたか》う、島津隊《しまづたい》のすさまじさは、東軍《とうぐん》の兵《へい》をおそれさせた。

島津隊《しまづたい》はこのとき、義弘《よしひろ》を守《まも》るために、「捨《す》て奸《がまり》」という戦法《せんぽう》をとった。これは、何人《なんにん》かがとどまって、敵《てき》をむかえうち、それが全滅《ぜんめつ》すると、また新《あたら》しい隊《たい》がのこって、敵《てき》を足止《あしど》めするとい

うものだった。

「こしゃくなりっ。」

東軍《とうぐん》のなかで、もっともはげしく義弘《よしひろ》の首《くび》をねらって、追撃《ついげき》してきたのは、のちに、徳川四天《とくがわしてん》王《のう》とよばれるうちのひとり、井伊直政《いいなおまさ》だった。

「追《お》えっ、追《お》えっ。」

直政《なおまさ》のきびしい追撃《ついげき》をふりきって、義弘《よしひろ》は、関ヶ原《せきがはら》を脱出《だっしゅつ》した。

義弘《よしひろ》を守《まも》って、三百いた兵《へい》は、わずか八十になり、甥《おい》の豊久《とよひさ》は戦死《せんし》してしまったが、なんとか、義弘《よしひろ》は大坂城《おおざかじょう》へたどりついた。

「よし、薩摩《さつま》で、戦《たたか》うぞ。」

義弘《よしひろ》は、船《ふね》を仕立《した》てて、大坂《おおざか》から薩摩《さつま》へ帰《かえ》った。

そして、薩摩《さつま》をあげて、対決《たいけつ》するかまえを見《み》せた。その一方《いっぽう》で、息子《むすこ》の忠恒《ただつね》を表《おもて》に立《た》てて、家《いえ》康《やす》との和平交渉《わへいこうしょう》にあたらせた。

「井伊直政《いいなおまさ》どのに、たよろう。」

義弘《よしひろ》は、和平《わへい》の交渉役《こうしょうやく》として、自分《じぶん》を関ヶ原《せきがはら》で最後《さいご》まで追撃《ついげき》しつづけた井伊直政《いいなおまさ》をたよった。

(あの御仁《ごじん》なら、男気《おとこぎ》を出《だ》して、内府《ないふ》にたのんでくれる。)

義弘《よしひろ》の読《よ》みは、正《ただ》しかった。

「なに、島津《しまづ》が、わたしを?」

直政《なおまさ》は、おどろいたが、

「よかろう。」

と、こころよくひきうけた。

直政《なおまさ》は、島津《しまづ》をゆるしてくださるようにと、家康《いえやす》にたのみこんだ。

家康《いえやす》は、はじめは、島津《しまづ》をゆるそうとはしなかった。黒田如水《くろだじょすい》(官兵衛《かんべえ》)や、鍋島直茂《なべしまなおしげ》、加藤《かとう》清正《きよまさ》らに、島津討伐《しまづとうばつ》を命《めい》じた。

しかし、それらの大名《だいみょう》は、島津討伐《しまづとうばつ》をためらって、なかなか動《うご》こうとしなかった。

「しかたあるまい。薩摩《さつま》といまさら戦《いくさ》をしても、なんの益《えき》にもならぬ。」

慶長《けいちょう》七年《ねん》(一六〇二年《ねん》)、家康《いえやす》は、薩摩《さつま》、大隅《おおすみ》、日向《ひゅうが》五十八万《まん》七千石《ごく》の領地《りょうち》を安堵《あんど》することにした。

「よし、よし。うまくいったぞ。」

義弘《よしひろ》は満足《まんぞく》した。

そして、無類《むるい》の戦上手《いくさじょうず》で知《し》られた義弘《よしひろ》は、銃声《じゅうせい》のとどろく戦《いくさ》の場《ば》ではなく、蝉《せみ》の声《こえ》がしみわたる畳《たたみ》の上《うえ》で、元和《げんな》五年《ねん》（一六一九年《ねん》）七月《がつ》二十一日《にち》、八十五歳《さい》で亡《な》くなった。

第《だい》五章《しょう》

小《こ》早川《ばやかわ》秀秋《ひであき》〈西軍《せいぐん》〉

まよいにまよって、勝負《しょうぶ》を決《き》めた男《おとこ》

(さて、どうすればいいのだろう。)

小早川秀秋《こばやかわひであき》は、目《め》の下《した》でくりひろげられている関ヶ原《せきがはら》での激戦《げきせん》をながめながら、まよっていた。

——いざとなれば、三成《みつなり》をうらぎり、家康《いえやす》に味方《みかた》する。

関ヶ原《せきがはら》の南西《なんせい》にある松尾山《まつおやま》に、さきに陣《じん》をしいていた大垣城主《おおがきじょうしゅ》の伊藤盛正《いとうもりまさ》を無理《むり》やり追《お》いだして、一万《まん》三千の軍勢《ぐんぜい》で陣《じん》をしいたのは、そのためだった。

いざ、決戦《けっせん》となれば、西軍《せいぐん》をうらぎると、あらかじめ決《き》めていたはずだった。

しかし、松尾山《まつおやま》からながめていると、西軍《せいぐん》のほうが戦《たたか》いを有利《ゆうり》に進《すす》めているように感《かん》じられたのだ。

大谷吉継《おおたによしつぐ》、石田三成《いしだみつなり》、小西行長《こにしゆきなが》、宇喜多秀家《うきたひでいえ》の隊《たい》が、東軍《とうぐん》の福島正則《ふくしままさのり》、黒田長政《くろだながまさ》、加藤清正《かとうきよまさ》、井伊直政《いいなおまさ》の隊《たい》を、じりっ、じりっと押《お》しているように思《おも》えた。

(もしも、ここで、自分《じぶん》が西軍《せいぐん》に味方《みかた》すれば、どうなるか。わが一万《まん》三千の兵《へい》が、東軍《とうぐん》の背後《はいご》をつけば、西軍《せいぐん》の大勝利《だいしょうり》になる。)

それが、手《て》にとるように、わかったのだ。

(西軍《せいぐん》につこうか。)

秀秋《ひであき》は、まよった。

――小早川《こばやかわ》さまには、秀頼《ひでより》ぎみが十五歳《さい》になられるまで、関白《かんぱく》になっていただこうと考《かんが》えております。

三成《みつなり》からおくられた文《ふみ》が、頭《あたま》をよぎった。

(関白《かんぱく》か。)

それは、秀秋《ひであき》の心《こころ》を、あらがえないほどの力《ちから》で、ゆさぶった。

(関白《かんぱく》、か。もしも、そうなれたなら、どんなにうれしいだろう。)

しかし、秀秋《ひであき》には、そうなることが信《しん》じられなかった。

(筑前《ちくぜん》はそのままに、播磨国《はりまのくに》をあたえるとも約束《やくそく》しているが、はたして信用《しんよう》できるのだろうか。戦《いくさ》に勝《か》って、家康《いえやす》がいなくなったら、あの三成《みつなり》の天下《てんか》になるだろう。そのとき、あの三成《みつなり》が、約《やく》束《そく》を守《まも》ってくれるだろうか。)

家康《いえやす》は、こう約束《やくそく》した。

――わがほうに味方《みかた》されるなら、二か国《こく》をさしあげましょう。

(なによりも、実直《じっちょく》な家康《いえやす》は、ことばをたがえることはするまい。きっと、二か国《こく》をくれるだろう。すると、いまの筑前名島《ちくぜんなじま》三十五万《まん》七千石《ごく》が、六十万《まん》、いや、七十万石《まんごく》、いやいや、百万石《まんごく》になるかもしれない。）

秀秋《ひであき》は、つぶやいた。

「なれるかなれないかわからぬ関白《かんぱく》と、まちがいなくもらえる二か国《こく》。さて、どちらがよいのか。」

このとき、秀秋《ひであき》の胸《むね》に、秀吉《ひでよし》の正室《せいしつ》だった、おね（北《きた》の方《かた》）のことばがうかんだ。

――たよりになるのは、家康《いえやす》どのですよ。

たしかに、家康《いえやす》は、たよりになるにちがいなかった。太閤《たいこう》亡《な》きあと、天下《てんか》のゆくえは、おのずと家康《いえやす》に向《む》かっていたのだ。

いま東軍《とうぐん》で戦《たたか》っている福島正則《ふくしままさのり》、加藤清正《かとうきよまさ》、黒田長政《くろだながまさ》らも、もとはといえば、秀吉《ひでよし》の恩《おん》を深《ふか》くうけていた。かれらが、なぜ、豊臣方《とよとみがた》の西軍《せいぐん》ではなく、家康方《いえやすがた》の東軍《とうぐん》に味方《みかた》しているのか。

（それは、これからは、家康《いえやす》の時代《じだい》がくると、感《かん》じているからだ。）

秀秋《ひであき》は、家康《いえやす》の顔《かお》を思《おも》った。

それは、実直《じっちょく》さと、ずるさと、したたかさ、そして、力強《ちからづよ》さをそなえた顔《かお》だった。天下《てんか》は自分《じぶん》のもとにくると、信《しん》じきっている、自信満々《じしんまんまん》の顔《かお》だった。

（しかし、いま自分《じぶん》が西軍《せいぐん》につけば、あの自信《じしん》は、吹《ふ》きとんでしまうだろう。わたしは、あの家《いえ》康《やす》の首《くび》をとることができるのだ。すべては、わが手《て》のなかにある。)

秀秋《ひであき》は、自分《じぶん》がいま手《て》にしている、かぎりない力《ちから》に酔《よ》った。

(そうだ。わたしが、天下分《てんかわ》け目《め》の戦《たたか》いの勝敗《しょうはい》を決《き》めることができるのだ。わたしがついたほうが、勝《か》つのだ。)

そのとき、家老《かろう》の平岡頼勝《ひらおかよりかつ》が、じれたようにいった。

「との、早《はや》く。」

平岡《ひらおか》は、親戚《しんせき》である黒田長政《くろだながまさ》とのあいだで、小早川《こばやかわ》は、西軍《せいぐん》には味方《みかた》せず、東軍《とうぐん》に味方《みかた》するという約束《やくそく》をとりかわしていた。

平岡《ひらおか》の目《め》は、まよっている秀秋《ひであき》を、あきらかに責《せ》めていた。

——早《はや》く、西軍《せいぐん》を攻《せ》めましょう。

そう、急《せ》かしている目《め》だった。

小早川《こばやかわ》家《け》の家老《かろう》である平岡頼勝《ひらおかよりかつ》と稲葉正成《いなばまさなり》は、はじめから、家康《いえやす》に味方《みかた》するように、いいつづけていた。

——奉行《ぶぎょう》をやめさせられた三成《みつなり》など、家康《いえやす》どのの足元《あしもと》にもおよびません。なにしろ、三成《みつなり》はたかだか十九万《まん》四千石《ごく》なのに、家康《いえやす》どのは、二百五十万石《まんごく》。兵《へい》の数《かず》にしても、三成《みつなり》はせいぜい六千。それにくらべて、家康《いえやす》どのは七万《まん》もの兵《へい》を動《うご》かすことができます。との、つぎの天下人《てんかびと》には、家康《いえやす》どのがなられることは、まちがいありませぬ。なにとぞ、家康《いえやす》どのにお味方《みかた》されますように。

ふたりは、そういって、秀秋《ひであき》を説得《せっとく》しつづけていた。

（そうだろうか。）

秀秋《ひであき》は思《おも》った。

（ほんとうに、家康《いえやす》が天下人《てんかびと》となるのはまちがいないことなのだろうか。この世《よ》に、確実《かくじつ》なことなど、あるのだろうか。）

秀秋《ひであき》は、生《う》まれたときから、自分《じぶん》の意思《いし》とは関係《かんけい》なく、まわりにふりまわされて生《い》きてきた、みずからの生涯《しょうがい》をふりかえった。

秀秋《ひであき》は、天正《てんしょう》十年《ねん》（一五八二年《ねん》）、おねの兄《あに》にあたる木下家定《きのしたいえさだ》の五男《なん》として、近江長浜《おうみながはま》で生《う》まれ、辰之助《たつのすけ》と名《な》づけられた。

「辰之助《たつのすけ》は、わが子《こ》といたそう。」

天正《てんしょう》十三年《ねん》（一五八五年《ねん》）に、義理《ぎり》の叔父《おじ》にあたる秀吉《ひでよし》は、辰之助《たつのすけ》を養子《ようし》とした。

そのことで、幼少《ようしょう》のころから、辰之助《たつのすけ》はおねに育《そだ》てられた。元服《げんぷく》して、木下秀俊《きのしたひでとし》、のちには羽《は》柴秀俊《しばひでとし》、豊臣秀俊《とよとみひでとし》と名《な》のった。

天正《てんしょう》十九年《ねん》（一五九一年《ねん》）、まだ十歳《さい》の身《み》で、丹波亀山《たんばかめやま》十万石《まんごく》をあたえられ、文禄元年《ぶんろくがんねん》（一五九二年《ねん》）、十一歳《さい》のときに、権中納言《ごんちゅうなごん》となり従三位《じゅさんみ》に叙《じょ》せられ、「丹波中納言《たんばちゅうなごん》」とよばれるようになった。

このときまでは、関白《かんぱく》である豊臣秀次《とよとみひでつぐ》についで、豊臣家《とよとみけ》のあとつぎの二番手《ばんて》と見《み》なされていて、大名《だいみょう》たちは、十一歳《さい》の秀俊《ひでとし》を、あらそうように、ちやほやともてはやした。

文禄《ぶんろく》二年《ねん》（一五九三年《ねん》）に、秀吉《ひでよし》に、実子《じっし》である秀頼《ひでより》が生《う》まれたことから、秀俊《ひでとし》の運命《うんめい》は大《おお》きく動《うご》くことになった。

「どうじゃ。」

秀吉《ひでよし》は、毛利家《もうりけ》をとりこむために、策《さく》をめぐらせたのだ。

「わが養子《ようし》である秀俊《ひでとし》を、毛利輝元《もうりてるもと》どのの養子《ようし》にされてはいかがかな。」

これを聞《き》いた、毛利《もうり》の分家《ぶんけ》である小早川隆景《こばやかわたかかげ》は、あわてた。毛利《もうり》百十二万石《まんごく》を、豊臣家《とよとみけ》のものにしてはならないと、自分《じぶん》の弟《おとうと》の子《こ》である秀元《ひでもと》を、いそいで輝元《てるもと》のあとつぎとして、秀吉《ひでよし》に紹《しょう》介《かい》した。そのうえで、

「なにとぞ、秀俊《ひでとし》どのを、わが小早川家《こばやかわけ》の養子《ようし》としていただきたい。」

と、秀吉《ひでよし》に申《もう》し出《で》た。

「さようか。それなら、そういたそうか。」

秀吉《ひでよし》は、しぶしぶみとめた。

こうして、文禄《ぶんろく》三年《ねん》（一五九四年《ねん》）に、秀俊《ひでとし》は、小早川隆景《こばやかわたかかげ》の養子《ようし》となった。

文禄《ぶんろく》四年《ねん》（一五九五年《ねん》）に、秀俊《ひでとし》は、関白秀次《かんぱくひでつぐ》が太閤秀吉《たいこうひでよし》にむほんをたくらんでいるとされた事件《じけん》にまきこまれて、丹波亀山《たんばかめやま》十万石《まんごく》を没収《ぼっしゅう》された。しかし、同《おな》じ年《とし》、小早川隆景《こばやかわたかかげ》が隠居《いんきょ》したために、筑前名島《ちくぜんなじま》の領地《りょうち》をうけついだ。

まさに、十四歳《さい》で、三十五万《まん》七千石《ごく》の大名《だいみょう》となったのだ。

慶長《けいちょう》二年《ねん》（一五九七年《ねん》）に、名《な》を秀俊《ひでとし》から秀秋《ひであき》とあらため、朝鮮《ちょうせん》での戦《いくさ》のために、渡海《とかい》した。

しかし、秀吉《ひでよし》に、戦《いくさ》での失策《しっさく》をとがめられ、越前北庄《えちぜんきたのしょう》十五万石《まんごく》へうつされてしまった。領地《りょうち》を半分《はんぶん》にへらされてしまったのだ。

（三成《みつなり》のせいだ。）

秀秋《ひであき》は、三成《みつなり》が讒言《ざんげん》をしたせいだと、うらんだ。

このころから、秀秋《ひであき》は、毎日《まいにち》、毎日《まいにち》、浴《あ》びるように、酒《さけ》をのむようになった。もともと、気《き》が小《ち》さくて、若《わか》いころから不安《ふあん》をまぎらわすために、大酒《おおざけ》をのむ悪《わる》いくせがあったのが、ますますひどくなったのだ。

慶長三年《けいちょうねん》（一五九八年《ねん》）八月《がつ》、秀吉《ひでよし》が死《し》ぬと、あくる四年《ねん》の二月五日《がついつか》、家康《いえやす》ら五大老《ごたいろう》の署名《しょめい》で、秀秋《ひであき》は、もとの筑前名島《ちくぜんなじま》三十五万《まん》七千石《ごく》へともどされた。

「内府《ないふ》（徳川家康《とくがわいえやす》）のおかげだ。」

秀秋《ひであき》は、家康《いえやす》に感謝《かんしゃ》した。

（ああ、酒《さけ》がのみたい。）

秀秋《ひであき》は、松尾山《まつおやま》で、じりじりとしていた。

さすがに、戦《いくさ》のまっただなかで、おおっぴらに酒《さけ》をのむのは、はばかられたが、本心《ほんしん》は、酒《さけ》をのみたくてならなかった。

（さあ、どうする。）

秀秋《ひであき》は、まよいにまよった。

そのとき、秀秋《ひであき》の胆《きも》を冷《ひ》やすことがおきた。

家康《いえやす》の陣《じん》から、とつぜん、鉄砲《てっぽう》が撃《う》ちこまれたのだ。

——このまま動《うご》かなければ、こちらから攻《せ》めるぞ。

そう、おどしているようだった。

「との、早《はや》く、ご決断《けつだん》をっ。」

家老《かろう》の平岡《ひらおか》と稲葉《いなば》が、秀秋《ひであき》を急《せ》かした。

「内府《ないふ》がお怒《いか》りでござる。」

「このままでは、東軍《とうぐん》に攻《せ》められまする。」

秀秋《ひであき》は、ずっとがまんしていた酒《さけ》を、ぐいっとあおった。

(やむをえぬ。)

酒《さけ》の勢《いきお》いで、秀秋《ひであき》は、ついに決断《けつだん》した。

「敵《てき》は、大谷刑部《おおたにぎょうぶ》(吉継《よしつぐ》)なりっ。」

秀秋《ひであき》は、全軍《ぜんぐん》一万《まん》三千に下知《げち》した。

小早川隊《こばやかわたい》は松尾山《まつおやま》からかけおりて、大谷隊《おおたにたい》を襲《おそ》った。その攻撃《こうげき》に、けんめいに耐《た》えて、はねかえそうとした大谷隊《おおたにたい》は、さらに、脇坂《わきざか》・小川《おがわ》ら四千二百の兵《へい》にうらぎられて、たまらず壊滅《かいめつ》した。

（わたしが、勝利《しょうり》をよびこんだのだ。）

戦《たたか》いが終《お》わったあと、秀秋《ひであき》はぼうぜんとして、かぞえきれないほどの死者《ししゃ》たちが横《よこ》たわる関ケ《せきが》原《はら》を見《み》やった。

勝利《しょうり》の快感《かいかん》はなく、むなしさだけがあった。

さらに、かぎりない、うしろめたさに胸《むね》がうずいていた。

——勝利《しょうり》を決《き》めた、日本一《にっぽんいち》のうらぎり者《もの》。

武将《ぶしょう》たちがあざけり、ささやきかわすであろう、そのことばが、秀秋《ひであき》の頭《あたま》のなかに、うずまいていた。

関ケ原《せきがはら》の本陣《ほんじん》で、家康《いえやす》は、秀秋《ひであき》の手《て》をにぎって、

「小早川《こばやかわ》どののおかげで、勝《か》つことができた。」

と、感謝《かんしゃ》した。

しかし、その顔《かお》は、ことばとはうらはらに、笑《え》みひとつなく、ひどく冷《ひ》ややかだった。

（わたしのおかげで戦《いくさ》に勝《か》てたというのに、なんという顔《かお》だ。やはり、内府《ないふ》は、わたしをあな

どっているのか。）

秀秋《ひであき》がうつむいていると、黒田長政《くろだながまさ》が気《き》をきかせて、家康《いえやす》に、いってくれた。

「三成《みつなり》の佐和山城《さわやまじょう》を攻《せ》めるお役目《やくめ》を、ぜひ、小早川《こばやかわ》どのに。」

家康《いえやす》はうなずいた。

「おう、そうしていただこう。」

秀秋《ひであき》は、ほっとした。

（よし、あの三成《みつなり》の城《しろ》を、ぞんぶんにふみにじってやろう。）

九月《がつ》二十五日《にち》、とらわれた三成《みつなり》が、大津《おおつ》の家康《いえやす》の本陣《ほんじん》につれてこられた。

「三成《みつなり》がしばられて、門外《もんがい》に待《ま》たされている。」

それを聞《き》いた秀秋《ひであき》は、どうしても、その姿《すがた》を見《み》たくなった。

（あれほど高慢《こうまん》だった三成《みつなり》が、いま、どんなふうになっているのか。さぞ、あわれな姿《すがた》になっているにちがいない。）

秀秋《ひであき》が見《み》にいこうとすると、

「やめられよ。」

と、細川忠興《ほそかわただおき》が止《と》めた。

しかし、それを聞《き》かず、秀秋《ひであき》は門外《もんがい》へ出《で》た。そして、柱《はしら》のかげから、そうっと三成《みつなり》をうかがった。

すると、三成《みつなり》が、こちらを見《み》やって、

「金吾《きんご》（秀秋《ひであき》）かっ。」

と、さけんだ。

秀秋《ひであき》は、どきっとした。

（なんという声《こえ》だ。）

胆《きも》が、ちぢみあがったのだ。

三成《みつなり》は、四方《しほう》に聞《き》こえるような声《こえ》で、いった。

「太閤《たいこう》さまの縁者《えんじゃ》でありながら、敵《てき》に身《み》を売《う》った、あさましいうらぎり者《もの》め。きさまのうらぎりは、日本国《にっぽんこく》のつづくかぎり、代々《だいだい》つたえられるであろう。」

秀秋《ひであき》は、真《ま》っ青《さお》になって、柱《はしら》のかげから走《はし》りさった。

家康《いえやす》は、約束《やくそく》どおり、秀秋《ひであき》に備前《びぜん》と美作《みまさか》の二か国《こく》をあたえた。

筑前名島《ちくぜんなじま》三十五万《まん》七千石《ごく》から、宇喜多秀家《うきたひでいえ》の領地《りょうち》であった、備前《びぜん》・美作《みまさか》五十万石《まんごく》に国替《くにが》えしてくれたのである。

「たった、五十万石《まんごく》か。」

秀秋《ひであき》は不満《ふまん》だった。

「わたしのおかげで、天下分《てんかわ》け目《め》の戦《いくさ》に勝《か》てたというのに、五十万《まん》とは、あまりにも、少《すく》なすぎる。」

そういって、酒《さけ》をがぶのみした。

秀秋《ひであき》が、朝《あさ》から晩《ばん》まで、酒《さけ》びたりになったのには、もうひとつの理由《りゆう》があった。あのしばられた三成《みつなり》の声《こえ》が、耳《みみ》の奥《おく》にこびりついて、はなれなかったのだ。

――あさましいうらぎり者《もの》めっ。

その声《こえ》を、なんとかかき消《け》したくて、酒《さけ》をのみつづけたのだ。

そして、この酒《さけ》が、秀秋《ひであき》の命《いのち》をちぢめた。

慶長《けいちょう》七年《ねん》（一六〇二年《ねん》）、少年《しょうねん》のころから、浴《あ》びるほどにのみつづけた酒《さけ》の害《がい》により、秀秋《ひであき》は、二十一歳《さい》の若《わか》さで、急死《きゅうし》したのである。

秀秋《ひであき》の死後《しご》、あとつぎがいなかったことにより、毛利元就《もうりもとなり》の三男《なん》で、すぐれた武将《ぶしょう》だった小早《こばや》川《かわ》隆景《たかかげ》が築《きず》きあげた名門《めいもん》、小早川家《こばやかわけ》は断絶《だんぜつ》した。

第《だい》六章《しょう》

徳《とく》川《がわ》家《いえ》康《やす》〈東軍《とうぐん》〉

わしがおさめなければ、天下《てんか》は乱《みだ》れる

「との。」

慶長《けいちょう》三年《ねん》（一五九八年《ねん》）八月《がつ》十九日《にち》の朝《あさ》だった。本多正信《ほんだまさのぶ》の声《こえ》に、五十七歳《さい》の徳川家康《とくがわいえやす》は目《め》をあけた。

このところ風邪《かぜ》ぎみで、熱《ねつ》があり、全身《ぜんしん》がだるかった。できれば、このままふとんのなかで、うつらうつらしていたかった。

「三成《みつなり》の使《つか》いが、今朝《けさ》、まいりました。」

「三成《みつなり》の？」

石田三成《いしだみつなり》という名《な》を聞《き》いただけで、家康《いえやす》は、ふゆかいな気持《きも》ちになった。

（あやつめ、また、なにか、わしをとがめようと、いやなことをいいにきたのか。たかが、佐和山《さわやま》十九万《まん》四千石《ごく》の奉行《ぶぎょう》の身《み》で、筆頭大老《ひっとうたいろう》であるわしに、あれこれ意見《いけん》するとは、身《み》のほど知《し》らずが。）

くぐもった、不機嫌《ふきげん》な声《こえ》で、家康《いえやす》はいった。

「いかなる使《つか》いだったのじゃ。」

「それが……。」

正信《まさのぶ》は、そこで、声《こえ》をひそめた。

「昨夜《さくや》、太閤《たいこう》、秀吉《ひでよし》どのが亡《な》くなられたという知《し》らせでございます。」

「なに。」

家康《いえやす》は、むくりと、おきあがった。

「太閤《たいこう》が亡《な》くなられた、とな?」

「は、使《つか》いは、わたくしにそう申《もう》しました。」

(そうか。何度《なんど》も死《し》にかけては、しぶとく生《い》きかえってきて、がっかりさせられたが、ついに、死《し》んだか。)

病《や》みおとろえても、なお豊臣家《とよとみけ》を守《まも》ろうと、執念《しゅうねん》を燃《も》やしていた秀吉《ひでよし》の顔《かお》を、家康《いえやす》は思《おも》いうかべた。

(あの顔《かお》が、とうとうわしの前《まえ》から消《き》えたのだ。)

それから、家康《いえやす》は、いかにもかしこさをひけらかしているような三成《みつなり》の顔《かお》を、思《おも》った。

(しかし、三成《みつなり》め、秀吉《ひでよし》の死《し》を、すぐにわしに知《し》らせてくるとは、どういう心《こころ》づもりか。わしには、できるだけ、隠《かく》しとおしたかったのではないのか。)

家康《いえやす》は、ふとんから、すっくと立《た》ちあがった。

「との、お風邪《かぜ》は?」

「そんなもの、吹《ふ》きとんだわい。」

家康《いえやす》の声《こえ》は、明《あか》るかった。しつこい熱《ねつ》も下《さ》がり、だるさも、一気《いっき》にとれたようだった。ぐうっと腕《うで》をあげて、のびをしてから、家康《いえやす》はいった。

「正信《まさのぶ》、秀忠《ひでただ》をよべ。」

「はっ。」

正信《まさのぶ》がさがって、しばらくして、徳川家《とくがわけ》のあとつぎと見《み》なされている三男《なん》の秀忠《ひでただ》が、部屋《へや》に入《はい》ってきた。

「父上《ちちうえ》、お風邪《かぜ》のぐあいは、いかがでございますか。」

父《ちち》に一度《いちど》もさからったことのない秀忠《ひでただ》は、かしこまった声《こえ》で、たずねた。

「秀忠《ひでただ》。太閤《たいこう》が昨夜《さくや》亡《な》くなられた。」

「えっ。」

秀忠《ひでただ》はおどろきの声《こえ》をあげた。

「まこと、でございますか。」

「まことじゃ。」

家康《いえやす》は、きびきびした声《こえ》で、いった。

「よいか、秀忠《ひでただ》。そなたは、ただちに江戸《えど》へもどれ。そして、徳川《とくがわ》五万《まん》の兵《へい》がいつでも出陣《しゅつじん》できるように、用意《ようい》せよ。」

「はっ。」

秀忠《ひでただ》は、ひれふしたあと、立《た》ちあがり、部屋《へや》を出《で》ていった。入《い》れかわりに、正信《まさのぶ》が入《はい》ってきた。

「正信《まさのぶ》よ。」

家康《いえやす》は、ふたたび、ぐうっとのびをして、晴《は》れ晴《ば》れとした声《こえ》で、いった。

「わしの頭《あたま》をおさえつけていた大石《おおいし》が、ついに、とれたな。」

「はっ。そのようでございますな。」

「さて、正信《まさのぶ》。あと、何年《なんねん》じゃ、わしが天下《てんか》をとるまでは。」

正信《まさのぶ》は、微笑《びしょう》した。

「何年《なんねん》も、かかりませぬ。とのの天下《てんか》は、すぐそこにありまする。」

家康《いえやす》は上機嫌《じょうきげん》でうなずいた。

「そうじゃ。すぐそこにある。ただし、じゃま者《もの》がおる。」

「はっ、おりまするな。」

正信《まさのぶ》はうなずき、指《ゆび》を折《お》って、いった。

「まずは、とのをのぞいた、前田利家《まえだとしいえ》さま、毛利輝元《もうりてるもと》さま、上杉景勝《うえすぎかげかつ》さま、宇喜多秀家《うきたひでいえ》さまの四人《にん》の大老《たいろう》、とりわけ、前田利家《まえだとしいえ》さま。それに、石田三成《いしだみつなり》、浅野長政《あさのながまさ》、増田長盛《ましたながもり》、前田玄以《まえだげんい》、長束《なつか》正家《まさいえ》の五人《にん》の奉行《ぶぎょう》、とりわけ、石田三成《いしだみつなり》。そして……。」

正信《まさのぶ》が、ここで、声《こえ》をひそめた。

「太閤《たいこう》の忘《わす》れがたみ、おさなき若《わか》ぎみでございますな。」

「うむ。」

家康《いえやす》はうなずいた。

「わしが天下《てんか》をおさめるには、これから、ひとりひとり、それらをとりのぞいていかねばならぬ。あと何年《なんねん》かかるかわからぬが、最後《さいご》は戦《いくさ》になろう。」

「やはり、戦《いくさ》になりましょうか。」

「わしの天下《てんか》をよろこばぬ者《もの》をすべてとりのぞかねば、徳川《とくがわ》の天下《てんか》はこぬ。わしにさからう者《もの》たちを、最後《さいご》にひとまとめにして、とりのぞくには、戦《いくさ》じゃ。戦《いくさ》で、天下《てんか》をとる。」

家康《いえやす》は、今朝《けさ》まで体調《たいちょう》がすぐれなかった者《もの》とは思《おも》えないほどの、力強《ちからづよ》い声《こえ》でいった。

「ただし、急《せ》いてはならぬ。あせって、ことをおこせば、天下《てんか》は、わが手《て》から、するするとこぼれ落《お》ちてしまうからな。」

「さようでございますな。」

正信《まさのぶ》は、笑《わら》って、うなずいた。

(ときがきたのだ。)

家康《いえやす》は思《おも》った。

(がまんにがまんをかさねて、待《ま》ちつづけたときが、ついにやってきたのだ。しかし、なんと長《なが》かったことか。)

家康《いえやす》が、天下《てんか》を意識《いしき》したのは、盟友《めいゆう》だった織田信長《おだのぶなが》が、もうすぐ天下《てんか》をとるというところで、家臣《かしん》の明智光秀《あけちみつひで》のむほんにあって自刃《じじん》したときからだった。

武田信玄《たけだしんげん》も、上杉謙信《うえすぎけんしん》もいないいま、信長《のぶなが》どのが統一《とういつ》しようとした天下《てんか》は、わしがつぐことになろう。家康《いえやす》はそう考《かんが》えたが、そうはいかなかった。信長《のぶなが》の家臣《かしん》である秀吉《ひでよし》が、むほん者《もの》の光秀《みつひで》を討《う》ち、織田家《おだけ》の跡目《あとめ》をつぐかたちで、あっという間《ま》に、天下《てんか》をかすめとってしまったのだ。

むざむざ天下《てんか》をうばわれてなるものか。

家康《いえやす》は、いったんは、織田信長《おだのぶなが》の次男《じなん》である信雄《のぶかつ》を旗印《はたじるし》にして、秀吉《ひでよし》に対抗《たいこう》し、小牧《こまき》・長久手《ながくて》の戦《たたか》いでは勝利《しょうり》した。だが、信雄《のぶかつ》を和議《わぎ》でとりこみ、さらには実母《じつぼ》を人質《ひとじち》におくってまで、家康《いえやす》に上洛《じょうらく》をせまる秀吉《ひでよし》の、なりふりかまわぬ作戦《さくせん》に、家康《いえやす》はついに折《お》れた。

いまはそのときではない、がまんしようと、天正《てんしょう》十四年《ねん》(一五八六年《ねん》)、秀吉《ひでよし》の家臣《かしん》となることを承知《しょうち》したのだ。

それから十二年《ねん》、家康《いえやす》は、太閤秀吉《たいこうひでよし》につかえてきた。天下人《てんかびと》につぐ、二番《ばん》めの地位《ちい》にあまんじてきた。しかし、秀吉《ひでよし》が亡《な》くなったいま、つぎの天下人《てんかびと》は、自分以外《じぶんいがい》にはいない。ほかの者《もの》には、けっしてわたさぬと、家康《いえやす》は思《おも》った。

「天下《てんか》は、それにふさわしい者《もの》がおさめねばならぬ。そうでなければ、世《よ》が乱《みだ》れる。そうであろう、正信《まさのぶ》。」

家康《いえやす》は、強《つよ》い口調《くちょう》で、いった。

「はっ。まことに。」

「だが、いまのわしは、豊臣家《とよとみけ》の筆頭大老《ひっとうたいろう》であり、太閤《たいこう》亡《な》きあと、まだ六歳《さい》の秀頼《ひでより》ぎみを守《まも》らなくてはならぬ立場《たちば》にある。」

正信《まさのぶ》はうなずいた。

「たしかに、いまは、そういう立場《たちば》でございますな。」

「そうじゃ。わし以外《いがい》に、天下《てんか》をおさめる者《もの》はいないからといって、いきなり天下《てんか》をうばうわけには、いかぬ。なにより、豊臣恩顧《とよとみおんこ》の大名《だいみょう》たちが数多《かずおお》くいるからのう。かれらをうまくしたがえるための、段取《だんど》りが必要《ひつよう》じゃ。」

いいながら、家康《いえやす》は考《かんが》えていた。

(天下《てんか》をとってからの太閤《たいこう》は、おろかなふるまいがめだった。甥《おい》である関白秀次《かんぱくひでつぐ》や、茶頭《さどう》の利休《りきゅう》に切腹《せっぷく》を命《めい》じたこと、さらに、とりわけ、おろかだったのは、明《みん》を征服《せいふく》しようとして朝鮮《ちょうせん》に兵《へい》を出《だ》したことだ。せっかく天下《てんか》が太平《たいへい》になったというのに、なにを好《す》きこのんで、異国《いこく》との無謀《むぼう》な戦《いくさ》をはじめたりしたのか。)

「正信《まさのぶ》。いま、多《おお》くの武将《ぶしょう》と兵《へい》が、異国《いこく》にいる。」

家康《いえやす》はいった。

「兵糧《ひょうろう》もとぼしく、異国《いこく》の兵《へい》との、長《なが》い戦《いくさ》に疲《つか》れはてたかれらを、なんとかぶじに、わが国《くに》へもどさなくてはならない。それが、まずは、筆頭大老《ひっとうたいろう》として、わしのするべきことだ。」

「まことに、そうでございますな。」

正信《まさのぶ》はうなずいた。

「それで、もどってきたかれらを、どうなされるおつもりですかな。」

「むろん、わがふところに、とりこむ。」

「かれらをできるだけ多《おお》くとりこめばとりこむほど、わしの天下《てんか》が近《ちか》づくからじゃ。」

家康《いえやす》はいった。


八月《がつ》二十五日《にち》、家康《いえやす》は、前田利家《まえだとしいえ》とともに、朝鮮《ちょうせん》にいる日本《にっぽん》の兵《へい》たちに、ただちに敵《てき》と講和《こうわ》して、帰還《きかん》するように、つたえた。そして、奉行《ぶぎょう》の三成《みつなり》に、命《めい》じた。

「博多《はかた》へ行《い》き、兵《へい》たちを、ぶじに日本《にっぽん》へもどすように、はからえ。」

「はっ。」

三成《みつなり》がさがっていったあと、正信《まさのぶ》がいった。

「博多《はかた》へ、三成《みつなり》をおくられるのでございますか。」

「そうだ。こうした仕事《しごと》をさせたら、三成《みつなり》はとびきりの手腕《しゅわん》を発揮《はっき》するからの。」

正信《まさのぶ》はふっと笑《わら》った。

「加藤清正《かとうきよまさ》や黒田長政《くろだながまさ》らは、三成《みつなり》を殺《ころ》したいほどに、憎《にく》んでおります。かれらが朝鮮《ちょうせん》からもどってきたら、さぞや、ひと騒動《そうどう》、あるでしょうな。」

「さて、どうなるかな。」

家康《いえやす》はうなずいた。

豊臣家《とよとみけ》の「武断派《ぶだんは》」といわれる武将《ぶしょう》たちは、秀吉《ひでよし》のすぐそばにつかえて力《ちから》をふるってきた三成《みつなり》を、はげしく憎《にく》んでいた。

——太閤《たいこう》が天下《てんか》をとれたのは、われらのはたらきがあったからだ。それにもかかわらず、ろくに戦《いくさ》もできぬ三成《みつなり》が、太閤《たいこう》に、さまざまな讒言《ざんげん》をして、われらをおとしめてきた。ゆるさぬ、三成《みつなり》。

その憎《にく》しみがあった。

家康《いえやす》にとって、豊臣家《とよとみけ》の内部《ないぶ》で燃《も》えさかる、この両者《りょうしゃ》の対立《たいりつ》こそ、願《ねが》ってもないことだった。

(天下《てんか》をとるためには、清正《きよまさ》たちを、うまく使《つか》わねばならぬ。)

それと同時《どうじ》に、家康《いえやす》は、いざとなったとき、有力《ゆうりょく》な大名《だいみょう》たちをみずからの陣営《じんえい》にひきいれるために、さかんに縁組《えんぐ》みをはじめた。

伊達政宗《だてまさむね》の娘《むすめ》を、六男《なん》の松平忠輝《まつだいらただてる》にめとり、ふたりの養女《ようじょ》を、ひとりは福島正則《ふくしままさのり》の養子《ようし》、正之《まさゆき》に、さらには蜂須賀家政《はちすかいえまさ》の長男《ちょうなん》、豊雄《とよお》にとつがせる約束《やくそく》をした。こうしたことは、三成《みつなり》や前田利家《まえだとしいえ》の反感《はんかん》を買《か》うことになった。大名同士《だいみょうどうし》の勝手《かって》な婚姻《こんいん》は、秀吉《ひでよし》が禁《きん》じていたことだったからである。

慶長《けいちょう》四年《ねん》(一五九九年《ねん》)の一月十日《がつとおか》、伏見城《ふしみじょう》にいた秀頼《ひでより》が、大坂城《おおざかじょう》へうつった。

このとき、前田利家《まえだとしいえ》が後見役《こうけんやく》として、ついていったが、家康《いえやす》と利家《としいえ》とが、ついに戦《いくさ》をはじめるという、うわさが立《た》った。

「戦《いくさ》だ。」

「徳川《とくがわ》と前田《まえだ》、どちらにつくか。」

うわさにあおられて、かつては秀吉《ひでよし》にしたがっていた大名《だいみょう》たちが、それぞれ、家康《いえやす》と利家《としいえ》を守《まも》るために、あつまった。

家康《いえやす》の屋敷《やしき》にあつまったのは、黒田如水《くろだじょすい》（官兵衛《かんべえ》）と長政《ながまさ》父子《ふし》、福島正則《ふくしままさのり》、池田輝政《いけだてるまさ》、藤堂高虎《とうどうたかとら》、山内一豊《やまうちかずとよ》、大谷吉継《おおたによしつぐ》らであった。

そして、利家《としいえ》の屋敷《やしき》にあつまったのは、毛利輝元《もうりてるもと》、上杉景勝《うえすぎかげかつ》、宇喜多秀家《うきたひでいえ》、加藤清正《かとうきよまさ》、細川忠興《ほそかわただおき》、加藤嘉明《かとうよしあき》、長宗我部盛親《ちょうそかべもりちか》らであった。

両家《りょうけ》にあつまった大名《だいみょう》たちの名《な》を確認《かくにん》して、家康《いえやす》は腕組《うでぐ》みをした。

「いかがなされますか。一戦《いっせん》、まじえられますか。」

正信《まさのぶ》にたずねられ、家康《いえやす》は首《くび》をふった。

「まだ、そのときではない。」

「では……。」

「いま、利家《としいえ》らと戦《いくさ》をしても、つまらぬ。あちらにいる清正《きよまさ》や忠興《ただおき》らを、こちらにとりこむには、いま少《すこ》し、待《ま》たねばならぬ。」

正信《まさのぶ》はうなずいた。

「賢明《けんめい》でございます。いま、利家《としいえ》さまと戦《いくさ》になれば、かならず勝《か》てるとはかぎりませぬゆえ。」

「そうじゃ。あせることはない。」

家康《いえやす》はいった。

「利家《としいえ》が生《い》きているかぎり、動《うご》かぬほうがよい。」

利家《としいえ》の健康《けんこう》がすぐれないことを、家康《いえやす》は耳《みみ》にしていたのだ。

(がまんだ。ここは、がまんして、利家《としいえ》と和解《わかい》しておこう。)

そして、閏《うるう》三月三日《がつみっか》、前田利家《まえだとしいえ》がついに病《やまい》で亡《な》くなった。

その夜《よる》のことだった。

「との、三成《みつなり》が逃《に》げこんでまいりました。」

正信《まさのぶ》が家康《いえやす》に告《つ》げたのだ。

「なに?」

あろうことか、家康《いえやす》とずっと敵対《てきたい》してきた石田三成《いしだみつなり》が、前田家《まえだけ》を見舞《みま》った帰《かえ》りに、敵《てき》である家《いえ》康《やす》のもとへ、助《たす》けをもとめて、駆《か》けこんできたというのだ。

「三成《みつなり》めが、きたというのか。」

「はっ。加藤清正《かとうきよまさ》、黒田長政《くろだながまさ》、福島正則《ふくしままさのり》、細川忠興《ほそかわただおき》、加藤嘉明《かとうよしあき》、池田輝政《いけだてるまさ》、浅野幸長《あさのよしなが》らに追《お》われて、逃《に》げてきたのでございます。」

家康《いえやす》はふっと笑《わら》った。

「わしの屋敷《やしき》なら、命《いのち》が助《たす》かると思《おも》ったのか。」

「そのようでございますな。外《そと》にはいま、清正《きよまさ》らがつめかけていて、三成《みつなり》をわたせといっております。」

正信《まさのぶ》はいった。

「いかがいたしましょう。清正《きよまさ》らに、三成《みつなり》をわたしましょうか。」

家康《いえやす》はしばらく考《かんが》えて、ゆっくりと首《くび》をふった。

「いや、わたしてはならぬ。三成《みつなり》には、いずれ死《し》んでもらう。しかし、いまではない。」

家康《いえやす》は思《おも》った。

(豊臣家《とよとみけ》から天下《てんか》をうばいとるためには、秀吉《ひでよし》に恩《おん》をうけた加藤清正《かとうきよまさ》や福島正則《ふくしままさのり》たちを、できるだけ、こちらにひきつけておかねば。そのためには、三成《みつなり》に生《い》きていてもらわねばならぬ。)

正信《まさのぶ》に、家康《いえやす》はいった。

「いま、三成《みつなり》がいなくなれば、清正《きよまさ》たちは、大坂城《おおざかじょう》の秀頼《ひでより》を守《まも》る側《がわ》になるであろう。」

「まことに。」

「正信《まさのぶ》よ、わしが天下《てんか》をとるのを、こころよく思《おも》わぬ大名《だいみょう》が、まだ数多《かずおお》くいる。かれらをまとめて、ほろぼしてしまうには、戦《いくさ》しかない。この戦《いくさ》をするには、三成《みつなり》という男《おとこ》が欠《か》かせないのじゃ。」

「三成《みつなり》が、かれらをまとめると、いわれるのでございますか。」

「そうだ。三成《みつなり》には、その役目《やくめ》を、ぜひはたしてもらわねばならぬ。」

正信《まさのぶ》はうなずいた。

「わかりました。では、清正《きよまさ》たちには、三成《みつなり》を殺《ころ》すことをあきらめて、ひきとるようにと、なだめまする。」

家康《いえやす》は、三成《みつなり》の命《いのち》をすくった。

しかし、そのままにはしておかなかった。命《いのち》をすくった代償《だいしょう》に、三成《みつなり》を奉行職《ぶぎょうしょく》から解《と》いて、佐《さ》和山城《わやまじょう》へ引退《いんたい》させたのだ。

さらに、家康《いえやす》は三月《がつ》十三日《にち》、秀頼《ひでより》のいなくなった伏見城《ふしみじょう》へ入《はい》った。

(さて、つぎは、大坂城《おおざかじょう》に入《はい》らねばならぬ。)

家康《いえやす》は、ちゃくちゃくと、天下《てんか》とりのための布石《ふせき》を打《う》っていった。このころから、世間《せけん》では、家康《いえやす》のことを「天下《てんか》どの」とよぶ者《もの》が多《おお》くなった。

利家《としいえ》が死《し》んでから、半年《はんとし》がすぎた。

九月七日《がつなのか》、家康《いえやす》は、伏見城《ふしみじょう》を出《で》て、大坂《おおざか》へ入《はい》った。秀頼《ひでより》の重陽《ちょうよう》の節句《せっく》祝《いわ》いのためというのが表《おもて》向《む》きの口実《こうじつ》だった。

九月《がつ》二十七日《にち》には、家康《いえやす》は、念願《ねんがん》の大坂城《おおざかじょう》入《い》りをはたした。そして、秀吉《ひでよし》の正室《せいしつ》だった北《きた》の方《かた》がしりぞいたあとの西《にし》の丸《まる》にのりこむと、そのまま、いついてしまった。

そのころ、家康《いえやす》を暗殺《あんさつ》しようとする計画《けいかく》を密告《みっこく》する者《もの》がいた。前田利家《まえだとしいえ》のあとをついだ利長《としなが》、そして奉行《ぶぎょう》のひとりである浅野長政《あさのながまさ》、さらには淀《よど》ぎみの側近《そっきん》である大野治長《おおのはるなが》らが、暗殺《あんさつ》をくわだてている、というものだった。

(よし、これは使《つか》える。)

事実《じじつ》かどうかわからないその密告《みっこく》を、家康《いえやす》はたくみに利用《りよう》した。まず、浅野長政《あさのながまさ》を大坂城《おおざかじょう》から追放《ついほう》した。これで、大坂城《おおざかじょう》にいる奉行《ぶぎょう》は、五人《にん》から三人《にん》になった。ついで淀《よど》ぎみを守《まも》っていた大野治長《おおのはるなが》を、城《しろ》から追《お》いやった。

「との、このさい、前田《まえだ》を討《う》ちましょう。」

正信《まさのぶ》はいった。

「そうじゃな。」

家康《いえやす》は、大坂城《おおざかじょう》の西《にし》の丸《まる》に、諸侯《しょこう》をあつめて、いいわたした。

「前田利長《まえだとしなが》にむほんのきざしあり、ゆえに、討《う》つ。」

八十一万石《まんごく》をついだとはいえ、まだ経験《けいけん》の浅《あさ》い前田利長《まえだとしなが》は、討伐軍《とうばつぐん》が金沢城《かなざわじょう》に攻《せ》めてくるという話《はなし》におどろき、あわてて、母《はは》の芳春院《ほうしゅんいん》を人質《ひとじち》としてさしだした。

——けっして、徳川《とくがわ》さまにはさからいませぬ。

その気持《きも》ちをつたえたのだ。

「よし、よし。」

家康《いえやす》は満足《まんぞく》して、利長《としなが》の母《はは》を、みずからの領地《りょうち》である江戸《えど》へとおくった。

このことで、前田家《まえだけ》は、家康《いえやす》にとりこまれてしまったのである。

さらに、細川忠興《ほそかわただおき》にも、家康《いえやす》は、同《おな》じ疑《うたが》いをかけた。忠興《ただおき》は家康《いえやす》に誓《ちか》いを書《か》き、三男《なん》の光千代《みつちよ》を人質《ひとじち》として、さしだした。

このように、大名《だいみょう》たちに、きびしいむちをふるうと同時《どうじ》に、あめもあたえた。忠興《ただおき》に六万石《まんごく》を加増《かぞう》したり、堀尾吉晴《ほりおよしはる》に五万石《まんごく》をあたえたり、筆頭大老《ひっとうたいろう》の地位《ちい》を利用《りよう》し、合議制《ごうぎせい》を無視《むし》して、大名《だいみょう》たちに、豊臣家《とよとみけ》の所領《しょりょう》をあたえていったのだ。

こうして家康《いえやす》は、大名《だいみょう》たちを、ちゃくちゃくと、自分《じぶん》の陣営《じんえい》にとりこんでいった。

「さて、正信《まさのぶ》。つぎはどういう手《て》を打《う》つとしようか。」

家康《いえやす》は、本多正信《ほんだまさのぶ》にたずねた。

「さしあたり、上杉《うえすぎ》でしょうな。」

正信《まさのぶ》のことばに、家康《いえやす》はうなずいた。

「うむ。景勝《かげかつ》か。」

奥羽会津《おううあいづ》百二十万石《まんごく》の上杉景勝《うえすぎかげかつ》は、大老《たいろう》のひとりであったが、慶長《けいちょう》四年《ねん》（一五九九年《ねん》）八月《がつ》に帰国《きこく》してからというもの、上洛《じょうらく》をせず、そればかりか、城《しろ》を補強《ほきょう》したり、浪人《ろうにん》をかかえたりと、戦《いくさ》の準備《じゅんび》としか思《おも》えないことをしているという情報《じょうほう》がつたえられていた。

慶長五年《けいちょうねん》（一六〇〇年《ねん》）三月《がつ》、家康《いえやす》は、上杉《うえすぎ》にむほんのきざしありとして、討伐軍《とうばつぐん》をおこそうとした。すると、毛利輝元《もうりてるもと》と宇喜多秀家《うきたひでいえ》のふたりの大老《たいろう》が、家康《いえやす》をおしとどめた。

「待《ま》たれよ。まずは、上杉《うえすぎ》の真意《しんい》をたださねば。」

四月一日《がつついたち》、家康《いえやす》は、景勝《かげかつ》にむほんを問《と》う文《ふみ》を使者《ししゃ》にあたえ、会津《あいづ》におくった。そして、弁明《べんめい》するために上洛《じょうらく》するように、うながした。

しかし、上杉家《うえすぎけ》の家老《かろう》である直江兼続《なおえかねつぐ》は、かえって家康《いえやす》をとがめる返書《へんしょ》をおくってよこした。

五月三日《がつみっか》に届《とど》いた返書《へんしょ》に、家康《いえやす》は怒《おこ》った。

「ゆるさぬ、上杉《うえすぎ》。」

家康《いえやす》は、会津討伐《あいづとうばつ》を決《き》めた。

そして、上杉《うえすぎ》のむほんから、秀頼《ひでより》さまを守《まも》るためと名目《めいもく》をつけて、六月六日《がつむいか》、大名《だいみょう》たちを大坂城《おおざかじょう》にあつめて、会津討伐軍《あいづとうばつぐん》をさだめた。

上杉《うえすぎ》を五か所《しょ》から攻《せ》める態勢《たいせい》をととのえ、十五日《にち》には、秀頼《ひでより》から、軍資金《ぐんしきん》として、黄金《きん》二万両《まんりょう》と米《こめ》二万石《まんごく》をうけとった。

（よしよし、うまくいったぞ。）

思《おも》ったとおりのなりゆきに、家康《いえやす》はよろこんでいた。上杉討伐《うえすぎとうばつ》は、徳川《とくがわ》のためではなく、豊臣《とよとみ》家《け》のためだという、大義名分《たいぎめいぶん》が立《た》ったからである。

（あとは、三成《みつなり》だな。）

家康《いえやす》にとっては、敵《てき》は、上杉《うえすぎ》ではなかった。真《しん》の敵《てき》は、石田三成《いしだみつなり》だった。そして、三成《みつなり》があつめるであろう、徳川《とくがわ》の天下《てんか》にさからおうとする大名《だいみょう》たちであった。

六月《がつ》十六日《にち》、家康《いえやす》は大坂城《おおざかじょう》を出《で》て、伏見城《ふしみじょう》へ入《はい》った。

十七日《にち》、家康《いえやす》は千畳《じょう》の奥座敷《おくざしき》に立《た》ち、ぐうっと、のびをした。それから、まわりを見《み》やって、機嫌《きげん》よく笑《わら》った。

「うむ、うむ。」

にこにこと笑《わら》っている家康《いえやす》に、本多正信《ほんだまさのぶ》はいった。

「なにもかも、とのの思《おも》いどおりになりましたな。」

「そうじゃ。上杉《うえすぎ》が、よくぞさからってくれた。会津討伐《あいづとうばつ》が、秀頼《ひでより》ぎみを守《まも》るための戦《いくさ》と、大義《たいぎ》名分《めいぶん》も立《た》った。」

「さて、あとは三成《みつなり》が、うまく動《うご》いてくれますかな。」

「動《うご》く。」

家康《いえやす》はいった。

「かならず、やつは動《うご》く。佐和山《さわやま》で、じっとしている男《おとこ》ではない。」

六月《がつ》十八日《にち》、家康《いえやす》は、伏見城《ふしみじょう》を出《で》た。

そのとき、鳥居元忠《とりいもとただ》に命《めい》じた。

「よいか。わしのいないすきに、三成《みつなり》らが伏見城《ふしみじょう》を攻《せ》めてきたときは、死守《ししゅ》せよ。銃砲《じゅうほう》の弾《たま》がつきたときは、城内《じょうない》の金銀《きんぎん》を弾《たま》ごめしてもよいぞ。」

「ははっ。」

元忠《もとただ》は、身《み》をふるわせて、うなずいた。

伏見城《ふしみじょう》を死《し》んでも守《まも》れといいのこすと、家康《いえやす》は、会津討伐《あいづとうばつ》に向《む》かって、出陣《しゅつじん》した。

西国《さいごく》の大名《だいみょう》たちをしたがえて、とちゅうで、鷹狩《たかが》りなどを楽《たの》しみながら、ゆうゆうと東海道《とうかいどう》を進軍《しんぐん》していった。

(さあ、動《うご》け、三成《みつなり》。)

家康《いえやす》はその知《し》らせを待《ま》った。

(わしの天下《てんか》とりをじゃましようとする大名《だいみょう》たちを、根《ね》こそぎ、あつめろ。)

七月二日《がつふつか》、家康《いえやす》は、江戸城《えどじょう》に入《はい》った。

そして七日《なのか》に、会津討伐《あいづとうばつ》に発《た》つ日《ひ》を、七月《がつ》二十一日《にち》とさだめた。

「よいか。この城《しろ》を攻《せ》めよ。」

と、上杉景勝《うえすぎかげかつ》が支配《しはい》する、どの城《しろ》を攻撃《こうげき》するべきか、伊達政宗《だてまさむね》や最上義光《もがみよしあき》ら、奥羽《おうう》の諸大名《しょだいみょう》に、それぞれ命《めい》じた。


(三成《みつなり》は、かならず動《うご》く。)

家康《いえやす》の読《よ》みは、あたった。

「内府《ないふ》(家康《いえやす》)さま。諸侯《しょこう》に、徳川打倒《とくがわだとう》の檄文《げきぶん》がまわされました。」

その知《し》らせが届《とど》いたのだ。

「ようし、ついに立《た》ったか、三成《みつなり》。」

家康《いえやす》は、すべてが自分《じぶん》の思《おも》いどおりになっていくのを、よろこんだ。

(これで、じゃま者《もの》どもを、一掃《いっそう》できるぞ。)

七月十九日《がつにち》、増田長盛《ましたながもり》から、文《ふみ》が届《とど》いた。そこには、「三成《みつなり》が挙兵《きょへい》しようとしております。」と書《か》かれていた。佐和山城《さわやまじょう》で、十二日《にち》に、家康討伐《いえやすとうばつ》を三成《みつなり》と話《はな》しあった当《とう》の奉行《ぶぎょう》である長盛《ながもり》が、知《し》らせてきたのだ。

「長盛《ながもり》め、わがほうと三成側《みつなりがわ》、どちらにころんでもよいようにと、しておりますな。」

本多正信《ほんだまさのぶ》はいった。

「いい、しるしじゃ。」

家康《いえやす》はいった。

「三成《みつなり》のまわりにあつまってくる者《もの》たちは、かならずしも同《おな》じ心《こころ》ではない。そういうことじゃ。そこが、つけめよ。」

「まさに、そうでございますな。」

「まずは、三成《みつなり》がたしかに挙兵《きょへい》したかどうか、そして、どれほどの大名《だいみょう》が、三成《みつなり》のもとにあつまるか、それを、見《み》きわめようぞ。」

家康《いえやす》は、とりあえず予定《よてい》どおり、二十一日《にち》に江戸城《えどじょう》を発《た》ち、会津《あいづ》へと向《む》かった。

そして、二十四日《か》、下野小山《しもつけおやま》についたときだった。鳥居元忠《とりいもとただ》からの使者《ししゃ》が、伏見城《ふしみじょう》が攻撃《こうげき》されていることを知《し》らせてきた。

「ようし、三成《みつなり》め、ついに兵《へい》を動《うご》かしたな。」

家康《いえやす》はいった。

「明日《あした》、軍議《ぐんぎ》をひらく。」

正信《まさのぶ》はうなずいた。

「とのの思《おも》いどおりに、福島正則《ふくしままさのり》は動《うご》きましょうか。」

「動《うご》く。正則《まさのり》は、ただただ、三成憎《みつなりにく》しで、こりかたまっておる。」

このとき、家康《いえやす》にしたがって、会津《あいづ》へ向《む》かっている大名《だいみょう》たちは、八十人《にん》あまりいたが、それらの多《おお》くは、加藤清正《かとうきよまさ》や福島正則《ふくしままさのり》ら、豊臣家《とよとみけ》に恩《おん》のある大名《だいみょう》たちだった。かれらをいかにして、味《み》方《かた》につけるか。

このために、家康《いえやす》は秘策《ひさく》をめぐらせていた。もっとも自分《じぶん》に忠実《ちゅうじつ》な黒田長政《くろだながまさ》を通《とお》して、福島正《ふくしままさ》則《のり》に、あることをいわせようとしていたのだ。

あくる二十五日《にち》、家康《いえやす》は、小山《おやま》の本陣《ほんじん》に、大名《だいみょう》たちをあつめた。そして、かれらを見《み》わたして、いった。

「石田三成《いしだみつなり》が、わしを打倒《だとう》するといって、大坂《おおざか》で兵《へい》をあげた。」

まだ事情《じじょう》を知《し》らされていなかった大名《だいみょう》たちが、おどろいた。

「三成《みつなり》は、秀頼《ひでより》ぎみを守《まも》るためといっておるが、そこもとたちの妻子《さいし》は、大坂《おおざか》で人質《ひとじち》になってお

ろう。それゆえ、三成《みつなり》に味方《みかた》しようと思《おも》う者《もの》は、えんりょなく、ひきかえせ。じゃまはいたさぬ。」

家康《いえやす》のことばに、大名《だいみょう》たちは動揺《どうよう》した。

たがいに、顔《かお》を見《み》あわせて、重《おも》くるしい沈黙《ちんもく》があたりをおおった。そのとき、福島正則《ふくしままさのり》が立《た》ちあがって、野太《のぶと》い声《こえ》でいった。

「あいや。ほかの者《もの》は、いざ知《し》らず、拙者《せっしゃ》は、妻子《さいし》を捨《す》てても、内府《ないふ》（徳川家康《とくがわいえやす》）どのにお味方《みかた》いたす。三成《みつなり》は、秀頼《ひでより》ぎみのためといっておるそうだが、おさない秀頼《ひでより》ぎみはなにもご存《ぞん》じあるまい。三成《みつなり》こそは、秀頼《ひでより》ぎみをだまそうとしている奸臣《かんしん》ぞ。」

この発言《はつげん》で、その場《ば》の流《なが》れが決《き》まった。

三成《みつなり》を憎《にく》んでいた池田輝政《いけだてるまさ》、浅野幸長《あさのよしなが》、細川忠興《ほそかわただおき》らの豊臣恩顧《とよとみおんこ》の大名《だいみょう》たちが、いっせいに、

「拙者《せっしゃ》も。」

「拙者《せっしゃ》も。」

と、正則《まさのり》に賛同《さんどう》したのだ。

さらに、山内一豊《やまうちかずとよ》が決定的《けっていてき》な発言《はつげん》をした。

「東海道《とうかいどう》を攻《せ》めのぼるには、城《しろ》と兵糧《ひょうろう》が必要《ひつよう》となります。拙者《せっしゃ》は、内府《ないふ》どのに、わが掛川《かけがわ》の城《しろ》を

あけわたしまする。」

するど、東海道《とうかいどう》の大名《だいみょう》たちは、われもわれもと、それに同調《どうちょう》した。

「わが城《しろ》も、あけわたしまする。」

福島正則《ふくしままさのり》はいった。

「わが清洲城《きよすじょう》には、十万《まん》の兵《へい》の軍資《ぐんし》がたくわえられています。どうぞ、この城《しろ》を内府《ないふ》の城《しろ》として、お使《つか》いくだされ。」

家康《いえやす》は、ゆっくりとうなずきながら、内心《ないしん》、高笑《たかわら》いをした。

(これほど、うまくいくとは。)

豊臣恩顧《とよとみおんこ》の大名《だいみょう》たちを味方《みかた》につけたばかりか、福島正則《ふくしままさのり》の清洲城《きよすじょう》までの、東海道《とうかいどう》にある城《しろ》という城《しろ》をすべて、戦《いくさ》をしないで、手《て》に入《い》れてしまったのだ。

七月《がつ》二十六日《にち》、福島正則《ふくしままさのり》や池田輝政《いけだてるまさ》らを先鋒《せんぽう》として、東軍《とうぐん》はさきをあらそうようにして、西《にし》へ、西《にし》へと向《む》かった。

家康《いえやす》は、上杉景勝《うえすぎかげかつ》を封《ふう》じるために、「すきあらば会津《あいづ》に攻《せ》めいるぞ。」と伊達政宗《だてまさむね》に牽制《けんせい》するように命《めい》じた。さらに、次男《じなん》の結城秀康《ゆうきひでやす》に一万《まん》八千の兵《へい》をあたえて、宇都宮《うつのみや》に陣《じん》をしかせた。

それから、ひたすら、書状《しょじょう》を書《か》いた。

諸国《しょこく》の大名《だいみょう》たちに、徳川方《とくがわがた》につくようにと、書《か》きしるしたのである。その数《かず》は、七月《がつ》二十四日《か》から、九月《がつ》十四日《か》までに、百五十通《つう》におよんだ。

――悪《わる》いようにはせぬ。わがほうへつけ。

これらの書状《しょじょう》こそが、まさに関ヶ原《せきがはら》の戦《いくさ》において、勝利《しょうり》をよぶことにつながったのだ。

八月《がつ》十四日《か》には、東軍《とうぐん》の諸将《しょしょう》は、福島正則《ふくしままさのり》の尾張清洲城《おわりきよすじょう》にあつまっていた。だが、下野小山《しもつけおやま》から江戸《えど》にもどったはずの家康《いえやす》からの軍令《ぐんれい》は、いっこうに届《とど》かなかった。

「まだか、まだ内府《ないふ》から、指示《しじ》はこぬのか。」

正則《まさのり》は怒《おこ》った。

「もしや、内府《ないふ》は、われらを劫《こう》の立《た》て替《か》えにするつもりか。」

劫《こう》の立《た》て替《か》えとは、囲碁《いご》のことばで、わざと石《いし》を捨《す》てて、敵《てき》にとらせることを意味《いみ》していた。

正則《まさのり》は、家康《いえやす》が自分《じぶん》たちを捨《す》て石《いし》にするつもりではないかと、疑《うたが》ったのだ。

家康《いえやす》が江戸《えど》から動《うご》かないのには、わけがあった。

豊臣恩顧《とよとみおんこ》の大名《だいみょう》である正則《まさのり》たちが、ほんとうに大坂方《おおざかがた》と戦《たたか》うつもりがあるのかどうか、それを見《み》きわめようとしていたのである。

(さて、あやつらの本心《ほんしん》はどうなのか。)

しばらく、じらしたあとで、家康《いえやす》は使者《ししゃ》をおくった。

十九日《にち》、家康《いえやす》の使者《ししゃ》である村越直吉《むらこしなおよし》が、清洲城《きよすじょう》についた。そして、正則《まさのり》たちに向《む》かって、口上《こうじょう》をのべた。

「おのおのがたは、なにをぐずぐずしておられるのか。」

直吉《なおよし》は責《せ》めるようにいった。

「いまだ戦《たたか》いをはじめられないのは、なにゆえか。おのおのがたが敵《てき》と戦《たたか》いをはじめられたなら、内府《ないふ》もご出馬《しゅつば》されるであろう。」

正則《まさのり》は、使者《ししゃ》にいった。

「ごもっとものことでござる。われら、ただちに手出《てだ》しつかまつろう。」

あくる二十日《はつか》、東軍《とうぐん》の大名《だいみょう》たちは、軍議《ぐんぎ》をひらいた。

そして、二十一日《にち》、池田輝政《いけだてるまさ》、浅野幸長《あさのよしなが》、山内一豊《やまうちかずとよ》ら一万《まん》八千が木曾川《きそがわ》の上流《じょうりゅう》から、福島正《ふくしままさ》則《のり》、細川忠興《ほそかわただおき》、黒田長政《くろだながまさ》ら一万《まん》七千が木曾川《きそがわ》の下流《かりゅう》から、進軍《しんぐん》を開始《かいし》した。

二十二日《にち》、東軍《とうぐん》は竹ヶ鼻城《たけがはなじょう》を落《お》とし、ついで、二十三日《にち》には、織田信長《おだのぶなが》の孫《まご》である、秀信《ひでのぶ》が六千五百の兵《へい》でたてこもる岐阜城《ぎふじょう》を攻《せ》めたてた。

そして、たった一日《にち》で、岐阜城《ぎふじょう》を落《お》としたのだ。

「よし、戦局《せんきょく》は有利《ゆうり》だ。」

家康《いえやす》は、本多正信《ほんだまさのぶ》を軍監《ぐんかん》につけて、宇都宮《うつのみや》にいた秀忠《ひでただ》に、四万《まん》の兵《へい》で中山道《なかせんどう》を西上《さいじょう》するように命《めい》じた。

秀忠《ひでただ》は、八月《がつ》二十四日《か》に進軍《しんぐん》をはじめた。

家康《いえやす》は、九月一日《がつついたち》、徳川《とくがわ》の三万騎《まんき》をつれて、みずからも江戸《えど》を発《た》った。そのときに、前線《ぜんせん》の福島正則《しままさのり》らあてに、文《ふみ》をおくった。

——秀忠《ひでただ》が十日《とおか》にはそちらにつく。赤坂《あかさか》で待《ま》て。

しかし、それが、家康《いえやす》にとって、大《おお》きな誤算《ごさん》になった。四万《まん》の秀忠隊《ひでただたい》は、真田昌幸《さなだまさゆき》、幸村《ゆきむら》父子《ふし》の信濃上田城《しなのうえだじょう》で、手痛《ていた》い負《ま》けを喫《きっ》して、進軍《しんぐん》が大幅《おおはば》に遅《おく》れてしまったのである。

家康《いえやす》は、十四日、赤坂《あかさか》の岡山《おかやま》（御勝山《おかちやま》）についた。

「ええい、秀忠《ひでただ》め。まだこぬか。」

上田《うえだ》攻《ぜ》めで、参陣《さんじん》が遅《おく》れている秀忠隊《ひでただたい》に、家康《いえやす》は腹《はら》を立《た》てた。

「正信《まさのぶ》がついているというのに。なにをしておるのだ。」

いらだっていると、同《おな》じ十四日《か》に、待《ま》ちに待《ま》った知《し》らせがきた。毛利輝元《もうりてるもと》の陣営《じんえい》から、輝元《てるもと》のいとこである吉川広家《きっかわひろいえ》の文《ふみ》が届《とど》いたのだ。

——われら毛利一族《もうりいちぞく》は、戦《たたか》いには、くわわりませぬ。

（よし、毛利《もうり》は、わしにさからうつもりはないな。）

毛利勢《もうりぜい》は、大坂城《おおざかじょう》に毛利輝元《もうりてるもと》がいて、養子《ようし》の秀元《ひでもと》が一万《まん》六千の兵《へい》をひきつれて、関ケ原《せきがはら》の南宮山《なんぐうさん》に陣取《じんど》っていた。しかし、秀元《ひでもと》の前《まえ》には、吉川広家《きっかわひろいえ》の前線部隊《ぜんせんぶたい》が道《みち》をふさぐように陣取《じんど》っていたのだ。西軍《せいぐん》の主力部隊《しゅりょくぶたい》ともいえる、この毛利一族《もうりいちぞく》が動《うご》かなければ、戦局《せんきょく》はおおいに有利《ゆうり》になるはずだった。

「あとは、小早川《こばやかわ》だな。」

一万《まん》三千の兵《へい》をひきいて、松尾山《まつおやま》に陣取《じんど》っている小早川秀秋《こばやかわひであき》は、黒田長政《くろだながまさ》が策《さく》をめぐらし、味《み》方《かた》にひきいれているはずだった。それでも、念《ねん》には念《ねん》を入《い》れて、家康《いえやす》は文《ふみ》をおくらせた。重臣《じゅうしん》である本多忠勝《ほんだただかつ》と井伊直政《いいなおまさ》の両名《りょうめい》が、誓書《せいしょ》をおくったのだ。

――伏見城《ふしみじょう》を攻《せ》めたことなどは、水《みず》に流《なが》す。徳川《とくがわ》に、組《くみ》せよ。そうすれば、二か国《こく》あたえる。

（毛利《もうり》と小早川《こばやかわ》は、きっと西軍《せいぐん》をうらぎる。）

家康《いえやす》には、確信《かくしん》があった。

岡山《おかやま》に家康《いえやす》が陣《じん》をしいていると、西軍《せいぐん》の先鋒《せんぽう》である島左近《しまさこん》が杭瀬川《くいぜがわ》をこえてきて、東軍《とうぐん》を挑発《ちょうはつ》した。

「うぬっ。」

中村一栄《なかむらかずひで》と有馬豊氏《ありまとようじ》が西軍《せいぐん》の先鋒《せんぽう》に突撃《とつげき》したが、逃《に》げられたうえ、追《お》いかけたところを、待《ま》ちかまえていた宇喜多隊《うきたたい》に、さんざんに銃撃《じゅうげき》された。

「三成《みつなり》め、様子見《ようすみ》をしてきたか。」

家康《いえやす》は軍議《ぐんぎ》をひらいた。

「ただちに、大垣城《おおがきじょう》を攻《せ》めおとすべし。」

井伊直政《いいなおまさ》や池田輝政《いけだてるまさ》らは、そう主張《しゅちょう》した。

「いややや、大坂城《おおざかじょう》を攻《せ》めて、人質《ひとじち》をすくいだすべし。」

福島正則《ふくしままさのり》や本多忠勝《ほんだただかつ》らは、こう主張《しゅちょう》した。

家康《いえやす》は、いった。

「大垣城《おおがきじょう》を力攻《ちからぜ》めするのは、よくない。まず佐和山城《さわやまじょう》を落《お》とし、さらに大坂城《おおざかじょう》を攻《せ》める。」

しかし、これは家康《いえやす》のたくらみだった。もともと家康《いえやす》には、佐和山城《さわやまじょう》も大坂城《おおざかじょう》も攻《せ》める気《き》はなかった。

(自分《じぶん》のことばが、西軍《せいぐん》につたわれば、三成《みつなり》らは、東軍《とうぐん》の進撃《しんげき》を止《と》めようと、大垣城《おおがきじょう》から出《で》てくる。そうすれば、しめたものだ。)

十五日《にち》、午前《ごぜん》二時《じ》ごろ、家康《いえやす》のもとへ知《し》らせが届《とど》いた。

「西軍《せいぐん》の主力《しゅりょく》が、大垣城《おおがきじょう》を出《で》て、関ケ原《せきがはら》へ向《む》かっています。」

家康《いえやす》はよろこんだ。

「よし、つりだされおった。」

野戦《やせん》になれば、しめたものだった。家康《いえやす》は、もともと城攻《しろぜ》めはあまりとくいではなかった。しかし、秀吉《ひでよし》との小牧《こまき》・長久手《ながくて》の戦《たたか》いで勝《か》ったように、野戦《やせん》は大《だい》のとくいだった。

「出陣《しゅつじん》だ。」

家康《いえやす》は全軍《ぜんぐん》に命《めい》じた。

小雨《こさめ》の降《ふ》るなか、福島正則隊《ふくしままさのりたい》六千を左《ひだり》に、黒田長政隊《くろだながまさたい》五千四百を右《みぎ》に、二列縦隊《れつじゅうたい》で、東軍《とうぐん》の先鋒隊《せんぽうたい》が進軍《しんぐん》をはじめた。


関ケ原《せきがはら》は、北《きた》を伊吹山《いぶきやま》、北西《ほくせい》を笹尾山《ささおやま》、西《にし》を天満山《てんまやま》、南西《なんせい》を松尾山《まつおやま》、南東《なんとう》を南宮山《なんぐうさん》にかこまれた、東西《とうざい》に四キロ、南北《なんぼく》に二キロの高原盆地《こうげんぼんち》だった。

東西《とうざい》に中山道《なかせんどう》がつらぬき、中央《ちゅうおう》で西北《せいほく》に北国街道《ほっこくかいどう》が、東南《とうなん》に伊勢街道《いせかいどう》が分《わ》かれていて、まさしく東西《とうざい》を分《わ》かつ要地《ようち》だった。

総大将《そうだいしょう》である家康《いえやす》は、南宮山《なんぐうさん》のふもとの小《ちい》さな丘《おか》である桃配山《ももくばりやま》に、金扇《きんせん》の大馬印《おおうまじるし》をおしたて、「厭離穢土欣求浄土《おんりえどごんぐじょうど》」の軍旗《ぐんき》をはためかせて、本陣《ほんじん》をしいた。そのまわりを、徳川直属《とくがわちょくぞく》の三万《まん》の兵《へい》がとりまいていた。

小雨《こさめ》はあがったが、霧《きり》が濃《こ》くあたりをおおっていて、見通《みとお》しがきかなかった。

(この戦《いくさ》で、天下《てんか》のゆくえが決《き》まる。)

家康《いえやす》は桃配山《ももくばりやま》で、ときおり霧《きり》の向《む》こうにひろがっている東軍《とうぐん》の陣《じん》をながめた。東軍《とうぐん》の総兵力《そうへいりょく》

土欣求淨土

は、およそ七万五千《まん》だった。

(秀忠《ひでただ》と正信《まさのぶ》がひきいる四万《まん》の兵《へい》が間《ま》にあえば、楽《らく》に勝《か》てるのに。)

家康《いえやす》は思《おも》った。

(だが、秀忠隊《ひでただたい》が間《ま》にあわなくとも、この戦《いくさ》、わしが勝《か》つ。三成《みつなり》めは、西軍《せいぐん》に大勢《おおぜい》のうらぎり者《もの》がいることを知《し》らぬ。)


霧《きり》が少《すこ》しずつ晴《は》れていくなか、東西両軍《とうざいりょうぐん》の兵《へい》は、そのときがくるのを、待《ま》った。

そして、午前《ごぜん》八時《じ》、銃撃《じゅうげき》と喚声《かんせい》がとどろいた。

「井伊《いい》さまの『赤備《あかぞな》え』が、宇喜多《うきた》の陣《じん》に突撃《とつげき》いたしました。」

家康《いえやす》はふっと笑《わら》った。

「直政《なおまさ》め、ぬけがけをしたか。」

戦《いくさ》において、もっともほまれのある先鋒《せんぽう》を、豊臣家《とよとみけ》の家臣《かしん》である福島正則《ふくしままさのり》にしたことに、直政《なおまさ》が不満《ふまん》をいだいていることを、知《し》っていたからだ。

——なにゆえ、内府《ないふ》は、先鋒《せんぽう》に、われら徳川《とくがわ》の兵《へい》ではなく、豊臣《とよとみ》の兵《へい》をお使《つか》いになるのか。

直政《なおまさ》がそういっているというのを、家康《いえやす》は耳《みみ》にしていたのである。

「さぞ、正則《まさのり》が怒《おこ》っているであろうな。」

家康《いえやす》は、全軍《ぜんぐん》に攻撃《こうげき》を命《めい》じた。

直政《なおまさ》に先陣《せんじん》をとられた福島正則《ふくしままさのり》が、宇喜多隊《うきたたい》に向《む》けて突撃《とつげき》し、ここにおいて、東西両軍《とうざいりょうぐん》が激突《げきとつ》した。

戦闘《せんとう》がはじまってから、三時間《じかん》がたち、家康《いえやす》は桃配山《ももくばりやま》から、陣場野《じんばの》へと移動《いどう》した。

西軍《せいぐん》は、およそ八万《まん》もいたにもかかわらず、実際《じっさい》に戦《たたか》っていたのは、石田三成隊《いしだみつなりたい》、小西行長《こにしゆきなが》隊《たい》、宇喜多秀家隊《うきたひでいえたい》、大谷吉継隊《おおたによしつぐたい》ら、三万《まん》三千ほどだった。南宮山《なんぐうさん》の毛利《もうり》一族《いちぞく》は、吉川広家《きっかわひろいえ》がおさえていて、動《うご》こうとしなかったし、松尾山《まつおやま》の小早川秀秋隊《こばやかわひであきたい》も、動《うご》かなかった。

西軍《せいぐん》の少《すく》なさにくらべ、東軍《とうぐん》は六万《まん》の兵《へい》が戦《たたか》っていた。しかし、戦局《せんきょく》は一進一退《いっしんいったい》し、勝敗《しょうはい》がさだまらないでいた。

(毛利《もうり》が動《うご》かないいま、勝負《しょうぶ》を決《き》めるのは、松尾山《まつおやま》の兵《へい》、一万《まん》三千だ。)

家康《いえやす》は、じりじりしていた。

(小早川《こばやかわ》め、なぜ動《うご》かぬのだ。もしや、心変《こころが》わりしたのか。)

家康《いえやす》は、ぎりぎりと、つめを嚙《か》んで、あせった。

「ええい、小早川《こばやかわ》はなにをしておるのだ。」

秀秋《ひであき》の家老《かろう》と約束《やくそく》をかわしているはずの黒田長政《くろだながまさ》のもとへ、家康《いえやす》は使《つか》いをおくった。使《つか》いは、きつい口調《くちょう》で、長政《ながまさ》にいった。

「小早川《こばやかわ》のうらぎりは、まちがいないかっ。」

戦《いくさ》のさなかにあった長政《ながまさ》は、使《つか》いに向《む》かって、どなりかえした。

「小早川《こばやかわ》がうらぎるかどうか、それがしの知《し》ったことか。もしも、やつが約束《やくそく》をたがえたなら、三成《みつなり》の隊《たい》を切《き》りくずしたあとで、やつを討《う》ちはたしてやる。」

使《つか》いは、そのことばを、家康《いえやす》につたえた。

「ええい、小早川《こばやかわ》めぐずぐずしおって。」

家康《いえやす》は怒《おこ》った。

「小早川《こばやかわ》の陣《じん》へ、鉄砲《てっぽう》を撃《う》ちこめっ。」

松尾山《まつおやま》に向《む》けて、鉄砲《てっぽう》が撃《う》たれた。

すると、さすがにあわてた秀秋《ひであき》が、ついに、下知《げち》した。

「敵《てき》は、大谷刑部《おおたにぎょうぶ》（吉継《よしつぐ》）なりっ。」

正午《しょうご》ごろ、小早川隊《こばやかわたい》の一万《まん》三千が、松尾山《まつおやま》をかけおりて、大谷隊《おおたにたい》の側面《そくめん》を襲《おそ》った。あらかじめ、小早川《こばやかわ》のうらぎりにそなえていた大谷吉継《おおたによしつぐ》は、動《どう》じることなく、奮戦《ふんせん》して、押《お》しかえした。

「よし、とうとう、小早川《こばやかわ》が動《うご》いたか。」

家康《いえやす》は、手《て》を打《う》って、うなずいた。

「これで、勝《か》ちは、見《み》えたぞ。」

大谷隊《おおたにたい》は、けんめいに小早川隊《こばやかわたい》を押《お》しかえしていたが、それまで動《うご》こうとしなかった、西軍《せいぐん》のはずの脇坂《わきざか》・朽木《くつき》・小川《おがわ》・赤座《あかざ》らの四隊《たい》、四千二百の兵《へい》が、とつぜん、大谷隊《おおたにたい》へ向《む》かってきた。

さらに、正面《しょうめん》からは、藤堂高虎《とうどうたかとら》と京極高知《きょうごくたかとも》の隊《たい》が、大谷隊《おおたにたい》へ襲《おそ》いかかった。

ここにおいて、大谷隊《おおたにたい》は、ふせぎきれず、壊滅《かいめつ》した。

吉継《よしつぐ》は、自刃《じじん》した。

大谷隊《おおたにたい》が壊滅《かいめつ》すると、小西行長隊《こにしゆきながたい》もくずれだした。そして、大谷隊《おおたにたい》を撃破《げきは》した小早川《こばやかわ》、脇坂《わきざか》らの兵《へい》が、襲《おそ》ってくると、たまらず、行長《ゆきなが》は伊吹山中《いぶきさんちゅう》に逃亡《とうぼう》した。

小西隊《こにしたい》がくずれると、宇喜多隊《うきたたい》も、石田隊《いしだたい》もくずれた。

そして、午後《ごご》二時《じ》ごろには、西軍《せいぐん》は伊吹山《いぶきやま》に敗走《はいそう》していった。

「ようし、終《お》わったな。」

家康《いえやす》が立《た》ちあがろうとしたとき、喚声《かんせい》がとどろいた。

「との、島津《しまづ》がっ。」

家臣《かしん》が告《つ》げた。

それまで、積極的《せっきょくてき》に戦《たたか》おうとしなかった島津義弘《しまづよしひろ》が、家康《いえやす》の本陣《ほんじん》をかすめるようにして、東軍《とうぐん》のまっただなかを突破《とっぱ》してきたのだ。

「とのを守《まも》れっ。」

井伊直政《いいなおまさ》が、島津《しまづ》をむかえうった。そして、義弘《よしひろ》を追《お》っているとき、直政《なおまさ》は、鉄砲《てっぽう》で肩《かた》を撃《う》たれてしまったが、戦《いくさ》らしい戦《いくさ》は、そこで終《お》わった。

天下分《てんかわ》け目《め》の戦《いくさ》は、たった一日《にち》にして、東軍《とうぐん》の大勝利《だいしょうり》で終《お》わったのである。

(なにもかも、うまくいった。)

家康《いえやす》は、満足《まんぞく》だった。

——豊臣恩顧《とよとみおんこ》の大名《だいみょう》たちを使《つか》って、豊臣家《とよとみけ》から、天下《てんか》をうばいとる。徳川《とくがわ》の天下《てんか》とりをじゃましようとする大名《だいみょう》たちを、まとめて、葬《ほうむ》りさる。

それが、家康《いえやす》の描《えが》いた絵図《えず》だった。

慶長《けいちょう》五年《ねん》(一六〇〇年《ねん》)九月《がつ》十五日《にち》、この絵図《えず》どおりに、関《せき》ケ原《がはら》の戦《いくさ》ははじまり、終《お》わったのである。

第《だい》七章《しょう》

福《ふく》島《しま》正《まさ》則《のり》〈東軍《とうぐん》〉

三成《みつなり》憎《にく》しと、秀頼《ひでより》ぎみのために

「長政《ながまさ》よ。ほんとうに、内府《ないふ》(徳川家康《とくがわいえやす》)は、だいじょうぶだろうな。」

慶長五年《けいちょうねん》(一六〇〇年《ねん》)七月二十四日《がつか》、福島正則《ふくしままさのり》は、真剣《しんけん》なおももちで、黒田長政《くろだながまさ》にたずねた。

家康《いえやす》にひきいれられるように、会津討伐軍《あいづとうばつぐん》にくわわって、小山《おやま》についたとき、正則《まさのり》は、長政《ながまさ》にときふせられたのだ。

——ともに、内府《ないふ》に味方《みかた》しようではないか。

正則《まさのり》は、まよってはいたが、家康《いえやす》にそむくつもりはなかった。つぎの天下人《てんかびと》は、徳川家康《とくがわいえやす》だと思《おも》っていたからだ。それに、にっくき三成《みつなり》に味方《みかた》する気《き》は、まったくなかった。しかし、ひとつだけ、心配《しんぱい》があった。

それは、大坂城《おおざかじょう》にいる、秀吉《ひでよし》の遺児《いじ》、秀頼《ひでより》のことだった。

「秀頼《ひでより》ぎみを、内府《ないふ》は、どうされるおつもりなのだ。まさか、殺《ころ》されたりはしないだろうな。」

正則《まさのり》はたずねた。

「どうもされるものか。」

長政《ながまさ》はいった。

「いいか、こたびの敵《てき》は、三成《みつなり》だ。三成《みつなり》は、秀頼《ひでより》ぎみがおさないのをよいことに、たぶらかそうとしているのだぞ。そんな三成《みつなり》を、内府《ないふ》はとりのぞこうとされているのだ。」

長政《ながまさ》のことばに、正則《まさのり》は安心《あんしん》した。

（そうだ。内府《ないふ》は、秀頼《ひでより》ぎみをひどいめにあわせたりはするまい。）

さらに、正則《まさのり》は思《おも》った。

（ここで、内府《ないふ》に味方《みかた》しておけば、秀頼《ひでより》ぎみを、わしが守《まも》れる。そのことで、亡《な》き太閤《たいこう》に、恩返《おんがえ》しができる。）


正則《まさのり》は、永禄《えいろく》四年《ねん》（一五六一年《ねん》）、尾張《おわり》の桶屋《おけや》の息子《むすこ》として生《う》まれ、市松《いちまつ》と名《な》づけられた。母《はは》が、秀吉《ひでよし》の伯母《おば》（大政所《おおまんどころ》の姉《あね》）だったので、おさないときから、小姓《こしょう》として、秀吉《ひでよし》につかえた。そのころ、秀吉《ひでよし》の長浜城《ながはまじょう》では、尾張《おわり》や三河出身《みかわしゅっしん》の小姓《こしょう》たちが、秀吉《ひでよし》の妻《つま》、おねに育《そだ》てられていた。

ひとつ年下《としした》の、のちの加藤清正《かとうきよまさ》は、そのころは虎之助《とらのすけ》とよばれていて、ふたつ年下《としした》の、のちの加藤嘉明《かとうよしあき》は、孫六《まごろく》とよばれていた。

「市松《いちまつ》、虎之助《とらのすけ》、孫六《まごろく》。」

と、実子《じっし》のないおねは、市松《いちまつ》ら少年《しょうねん》たちを、わが子《こ》のように、かわいがった。

正則《まさのり》の初陣《ういじん》は、天正《てんしょう》六年《ねん》（一五七八年《ねん》）だった。十八歳《さい》で、播磨《はりま》三木城《みきじょう》の攻撃《こうげき》にくわわったのである。はじめて秀吉《ひでよし》にもらった禄高《ろくだか》は、二百石《こく》だった。

天正《てんしょう》十年《ねん》（一五八二年《ねん》）、秀吉《ひでよし》が、信長《のぶなが》を自刃《じじん》させた明智光秀《あけちみつひで》と対《たい》した、山崎《やまざき》の戦《たたか》いでは、勝竜寺城《しょうりゅうじじょう》を攻《せ》めて、めざましいはたらきをした。それがみとめられて、五百石《こく》となった。

さらに、秀吉《ひでよし》が柴田勝家《しばたかついえ》と対《たい》した、賤ヶ岳《しずがたけ》の戦《たたか》いでは、一番槍《いちばんやり》として活躍《かつやく》し、一番首《いちばんくび》をあげた。

「でかしたぞ、正則《まさのり》。」

このはたらきを秀吉《ひでよし》にみとめられ、「賤ヶ岳七本槍《しずがたけしちほんやり》」とよばれた武将《ぶしょう》としては、ほかの六人《にん》が三千石《ごく》だったのに、正則《まさのり》だけは、破格《はかく》の五千石《ごく》をあたえられた。

天正《てんしょう》十三年《ねん》（一五八五年《ねん》）、紀州《きしゅう》攻《ぜ》めで功《こう》をあげ、正則《まさのり》は、伊予国今治《いよのくにいまばり》十一万石《まんごく》の大名《だいみょう》となった。

文禄元年《ぶんろくがんねん》（一五九二年《ねん》）からの、朝鮮出兵《ちょうせんしゅっぺい》では、五番隊《ばんたい》の主将《しゅしょう》としてはたらいたが、このときから、もともと対立《たいりつ》していた石田三成《いしだみつなり》との仲《なか》が、悪《わる》くなった。

文禄《ぶんろく》四年《ねん》（一五九五年《ねん》）、日本《にっぽん》にもどっていた正則《まさのり》は、秀吉《ひでよし》の甥《おい》であった関白《かんぱく》の秀次《ひでつぐ》に、「切腹《せっぷく》するように。」との、秀吉《ひでよし》の命令《めいれい》をつたえた。

その年《とし》に、尾張国清洲《おわりのくにきよす》に、秀吉《ひでよし》から、二十四万石《まんごく》の領地《りょうち》をあたえられた。

慶長《けいちょう》三年《ねん》（一五九八年《ねん》）、秀吉《ひでよし》が亡《な》くなると、正則《まさのり》は、「武断派《ぶだんは》」の加藤清正《かとうきよまさ》らと語《かた》らい、公然《こうぜん》と、石田三成《いしだみつなり》を殺《ころ》そうとした。

「やめよ、おろか者《もの》。」

それを止《と》めていた前田利家《まえだとしいえ》が、慶長《けいちょう》四年《ねん》（一五九九年《ねん》）に亡《な》くなると、正則《まさのり》はさっそく清正《きよまさ》ら六人《にん》の大名《だいみょう》と、三成《みつなり》を襲撃《しゅうげき》しようとした。

「三成《みつなり》を殺《ころ》せ。」

しかし、三成《みつなり》が家康《いえやす》の屋敷《やしき》に逃《に》げこんだために、この計画《けいかく》は、家康《いえやす》によって、おさめられた。

このときから、正則《まさのり》は、家康《いえやす》に近《ちか》づいた。

そして、養子《ようし》の正之《まさゆき》と、家康《いえやす》の養女《ようじょ》、満天姫《まてひめ》との婚約《こんやく》を成立《せいりつ》させた。これは、秀吉《ひでよし》の遺命《いめい》に反《はん》するものだった。

しかし、正則《まさのり》は気《き》にしなかった。

つぎの天下人《てんかびと》は、家康《いえやす》以外《いがい》にいないと思《おも》っていたので、福島家《ふくしまけ》を存続《そんぞく》させるには、これしかないと考《かんが》えたのだ。

ただ、心《こころ》にかかることがあった。

（秀頼《ひでより》ぎみは、どうなるのだろう。）

かつて、秀吉《ひでよし》は、みずからが天下《てんか》をとると、主君《しゅくん》であった織田信長《おだのぶなが》の子《こ》を、たいせつにはあつかわなかった。三男《なん》の信孝《のぶたか》は切腹《せっぷく》させたし、次男《じなん》の信雄《のぶかつ》は、天下《てんか》とりのために、利用《りよう》するだけ利用《りよう》したあと、領地《りょうち》をとりあげて、流罪《るざい》を命《めい》じた。

（もしも家康《いえやす》が天下《てんか》をとったら、秀頼《ひでより》ぎみは、どんなめにあうだろう。ひどいめにあわれないように、わしが秀頼《ひでより》ぎみを守《まも》らねばならぬ。そのためには、家康《いえやす》と深《ふか》くむすびついておかなくては。それこそが、太閤《たいこう》への恩返《おんがえ》しになるのだから。）

正則《まさのり》は、そう心《こころ》に決《き》めていたのだ。

慶長《けいちょう》五年《ねん》（一六〇〇年《ねん》）七月《がつ》二十四日《か》、小山《おやま》の地《ち》で、黒田長政《くろだながまさ》は確認《かくにん》するように、いった。

「では、内府《ないふ》に味方《みかた》してくれるのだな。」

「うむ。」

正則《まさのり》はうなずいた。

「お味方《みかた》いたす。」

「では、明日《あした》の軍議《ぐんぎ》のときには、内府《ないふ》にお味方《みかた》すると、まっさきにいってくれるのだな。」

正則《まさのり》はいった。

「まかせておけ。」

あくる日《ひ》、家康《いえやす》は諸侯《しょこう》をあつめて、軍議《ぐんぎ》をひらいた。その席《せき》で、家康《いえやす》はいった。

「石田三成《いしだみつなり》が、わしを打倒《だとう》するといって、大坂《おおざか》で兵《へい》をあげた。」

まだ三成《みつなり》らの動《うご》きを知《し》らされていなかった大名《だいみょう》たちが、おどろいた。

「三成《みつなり》は、秀頼《ひでより》ぎみを守《まも》るためといっておるが、そこもとたちの妻子《さいし》は、大坂《おおざか》で人質《ひとじち》になっておろう。それゆえ、三成《みつなり》に味方《みかた》しようと思《おも》う者《もの》は、えんりょなく、ひきかえせ。じゃまはいたさぬ。」

家康《いえやす》のことばに、大名《だいみょう》たちはたがいに、顔《かお》を見《み》あわせた。沈黙《ちんもく》があたりをおおったとき、正則《まさのり》は立《た》ちあがって、野太《のぶと》い声《こえ》でいった。

「あいや。ほかの者《もの》は、いざ知《し》らず、拙者《せっしゃ》は、妻子《さいし》を捨《す》てても、内府《ないふ》どのにお味方《みかた》いたす。三成《みつなり》は、秀頼《ひでより》ぎみのためといっておるそうだが、おさない秀頼《ひでより》ぎみはなにもご存《ぞん》じあるまい。三成《みつなり》こそは、秀頼《ひでより》ぎみをだまそうとしている奸臣《かんしん》ぞ。」

そういったあと、正則《まさのり》は、ちらりと長政《ながまさ》を見《み》やった。

長政《ながまさ》は、だまって、深《ふか》くうなずいた。それは、よくぞいってくれたという顔《かお》だった。

正則《まさのり》のこの発言《はつげん》で、その場《ば》の流《なが》れが決《き》まった。

ほかのだれよりも、三成《みつなり》を憎《にく》んでいた池田輝政《いけだてるまさ》、浅野幸長《あさのよしなが》、細川忠興《ほそかわただおき》ら、豊臣恩顧《とよとみおんこ》の大名《だいみょう》たちが、いっせいに、賛同《さんどう》したのだ。

「拙者《せっしゃ》も。」

「拙者《せっしゃ》も。」

さらに、山内一豊《やまうちかずとよ》が声高《こえたか》らかにいった。

「東海道《とうかいどう》を攻《せ》めのぼるには、城《しろ》と兵糧《ひょうろう》が必要《ひつよう》となります。拙者《せっしゃ》は、内府《ないふ》どのに、わが掛川《かけがわ》の城《しろ》をあけわたしまする。」

正則《まさのり》はおどろいた。

(城《しろ》をあけわたすだと? 一豊《かずとよ》め、そこまでいうか。)

一豊《かずとよ》のことばを聞《き》いた、駿河《するが》や遠江《とおとうみ》、三河《みかわ》などの東海道《とうかいどう》の大名《だいみょう》たちは、流《なが》れにのりおくれまいと、それに同調《どうちょう》した。

「わが城《しろ》も、あけわたしまする。」

「わが城《しろ》も、お使《つか》いくだされ。」

正則《まさのり》はあせった。

（ここで、のりおくれてはならない。）

正則《まさのり》は、野太《のぶと》い声《こえ》で、いった。

「わが清洲城《きよすじょう》には、十万《まん》の兵《へい》の軍資《ぐんし》がたくわえられています。どうぞ、この城《しろ》を内府《ないふ》の城《しろ》として、お使《つか》いくだされ。」

家康《いえやす》は、きびしい顔《かお》を変《か》えずに、ゆっくりとうなずいた。

「では、こたびの、三成《みつなり》との戦《いくさ》、福島正則《ふくしままさのり》どのと池田輝政《いけだてるまさ》どのに、先鋒《せんぽう》をつとめていただこう。」

正則《まさのり》はよろこんだ。

武将《ぶしょう》にとっては、なによりも名誉《めいよ》である先《せん》鋒《ぽう》のひとりを、家康《いえやす》から命《めい》じられたのだ。

「ありがたきことでござる。」

正則《まさのり》は、感激《かんげき》した声《こえ》で、いった。


あくる二十六日《にち》、正則《まさのり》は、六千の兵《へい》をひきいて、さっそく東海道《とうかいどう》を西《にし》へ向《む》かった。同《おな》じ先鋒《せんぽう》の池田輝政《いけだてるまさ》ら、東軍《とうぐん》三万《まん》五千が、八月《がつ》十四日《か》には、正則《まさのり》の城《しろ》である尾張清洲城《おわりきよすじょう》にあつまった。

だが、下野小山《しもつけおやま》から江戸《えど》にもどった家康《いえやす》からの軍令《ぐんれい》は、いっこうに届《とど》かなかった。

「まだか、まだ内府《ないふ》から、指示《しじ》はこぬのか。」

正則《まさのり》は、しだいにいらだち、ついには、どなったりした。

「もしや、内府《ないふ》は、われらを劫《こう》の立《た》て替《か》えにするつもりか。」

(もしかしたら、家康《いえやす》は、われら豊臣恩顧《とよとみおんこ》の大名《だいみょう》たちを信用《しんよう》せず、こたびの戦《いくさ》の捨《す》て石《いし》にするつもりではないのか。)

正則《まさのり》は、そう疑《うたが》ったのだ。


正則《まさのり》がじりじりしていると、十九日《にち》になって、清洲城《きよすじょう》へ、ようやく家康《いえやす》の使者《ししゃ》がやってきた。

「おのおのがたは、なにをぐずぐずしておられるのか。」

使者《ししゃ》は、とがめるように、いった。

「いまだ戦《たたか》いをはじめられないのは、なにゆえか。おのおのがたが敵《てき》と戦《たたか》いをはじめられたなら、内府《ないふ》もご出馬《しゅつば》されるであろう。」

正則《まさのり》は、はっとした。

(そうか。内府《ないふ》は、われらが戦《たたか》いはじめるのを、待《ま》っていたのか。)

正則《まさのり》は、使者《ししゃ》にいった。

「ごもっとものことでござる。われら、ただちに手出《てだ》しつかまつろう。」


八月二十日《がつはつか》、正則《まさのり》らは、清洲城《きよすじょう》で軍議《ぐんぎ》をひらいた。

「まずは、竹ヶ鼻城《たけがはなじょう》を攻《せ》めおとし、つぎに岐阜城《ぎふじょう》だ。」

二十三日《にち》、三万《まん》五千の兵《へい》で、正則《まさのり》は、池田輝政《いけだてるまさ》と先陣《せんじん》あらそいをするようにして、西軍《せいぐん》の織田《おだ》秀信《ひでのぶ》が守《まも》る岐阜城《ぎふじょう》を攻《せ》めた。

たった一日《にち》で、岐阜城《ぎふじょう》は落《お》ちた。かつては、三法師《さんぼうし》とよばれて、秀吉《ひでよし》が後見《こうけん》していた、織田信長《おだのぶなが》の孫《まご》である秀信《ひでのぶ》が、降参《こうさん》したのだ。

和睦《わぼく》が成立《せいりつ》し、命《いのち》を助《たす》けられた秀信《ひでのぶ》は、東軍《とうぐん》の諸将《しょしょう》がいならぶなかを、高野山《こうやさん》に向《む》かおうとし

ていた。諸将《しょしょう》のなかには、

「秀信《ひでのぶ》は切腹《せっぷく》するべきだ。」

という者《もの》がいた。

すると、正則《まさのり》はいった。

「いや、それはならぬ。士《さむらい》たる者《もの》は、いったんむすんだ約定《やくじょう》（約束《やくそく》）をたがえてはならぬ。和睦《わぼく》が成立《せいりつ》し、戦《いくさ》が終《お》わったのに、相手《あいて》をおとしいれるというのは、武士《ぶし》としての資格《しかく》に欠《か》けるではないか。」

正則《まさのり》のことばに、みなは、だまりこんだ。

秀信《ひでのぶ》は正則《まさのり》に感謝《かんしゃ》し、高野山《こうやさん》にのぼって、出家《しゅっけ》した。そして、慶長《けいちょう》十年《ねん》（一六〇五年《ねん》）に、高《こう》野山《やさん》で息《いき》をひきとった。


九月《がつ》十五日《にち》。

関《せき》ケ原《がはら》で、天下《てんか》分《わ》け目《め》の戦《いくさ》がはじまった。

正則《まさのり》は、先鋒《せんぽう》をつとめるはずだったが、井伊《いい》直政《なおまさ》に、その功《こう》をとられてしまった。

「うぬっ。」

正則《まさのり》は、すぐさま突撃《とつげき》を命《めい》じた。こうして、六千の兵《へい》で、宇喜多秀家《うきたひでいえ》一万《まん》八千の兵《へい》と戦《たたか》った。

宇喜多隊《うきたたい》である明石全登《あかしたけのり》は、戦《いくさ》にたけた猛将《もうしょう》で、正則隊《まさのりたい》は何度《なんど》も後退《こうたい》させられた。

「ひくなっ、ひくなっ。」

正則《まさのり》はさけびつづけた。

そして、小早川秀秋《こばやかわひであき》のうらぎりにより、西軍《せいぐん》が大《おお》くずれしたときに、正則《まさのり》は、ここぞとばかりに宇喜多隊《うきたたい》を攻《せ》めたてた。

西軍《せいぐん》があらかた壊滅《かいめつ》し、伊吹山《いぶきやま》に敗走《はいそう》していったとき、島津義弘《しまづよしひろ》ひきいる薩摩兵《さつまへい》が、東軍《とうぐん》のまっただなかに突進《とっしん》してきた。そのすさまじい勢《いきお》いに、東軍《とうぐん》が息《いき》をのんでいると、島津隊《しまづたい》は、大軍《たいぐん》のなかを、しゃにむに突破《とっぱ》していこうとした。

「義弘《よしひろ》め、逃《のが》さぬぞっ。」

正則《まさのり》はただ一騎《き》で飛《と》びだして、島津義弘《しまづよしひろ》を追《お》いかけようとした。

すると、従者《じゅうしゃ》たちが、正則《まさのり》の鞍《くら》にとりつき、ひきとめた。

「無茶《むちゃ》はおやめくだされ。」

「なにとぞ、とどまってくだされ。」

正則《まさのり》は気《き》がはやって、

「そなたらは、知《し》らぬのか。武士《ぶし》たる者《もの》の墓《はか》は、戦場《せんじょう》なのだぞ。」

そういって、勇《いさ》んでかけだそうとした。

「われらがどうして臆《おく》したりしましょうか。進《すす》むべきところで進《すす》み、しりぞくべきところでしりぞく。それを臨機応変《りんきおうへん》におこなってこそ、よき武将《ぶしょう》ではありませぬか。これほどにもみごとに戦《たたか》い、大勝《おおが》ちした合戦《かっせん》で、島津《しまづ》ごとき死《し》にぞこないを相手《あいて》に命《いのち》を捨《す》てて、なんのえるところがありましょうぞ。」

そういさめて、大勢《おおぜい》の家臣《かしん》が、正則《まさのり》の馬《うま》にとりつき、無理《むり》やり、ひきもどした。

「くっ。」

正則《まさのり》は、歯《は》ぎしりをした。

「しかたあるまい。」

ひきもどされた正則《まさのり》は、それでもなお、くやしくてたまらず、

「敵《てき》にうしろを見《み》せてたまるものか。」

といって、馬上《ばじょう》で体《からだ》をねじり、逃《に》げていく島津《しまづ》をにらみながら、うしろ向《む》きにひきかえしていった。

家康《いえやす》は、正則《まさのり》の戦《たたか》いぶりをほめ、尾張清洲《おわりきよす》二十四万石《まんごく》から、安芸《あき》・備後《びんご》二か国《こく》四十九万《まん》八千石《ごく》へと国替《くにが》えした。

(秀頼《ひでより》ぎみは、どうなるのか。)

正則《まさのり》は心配《しんぱい》したが、家康《いえやす》は、秀頼《ひでより》に対《たい》しては、なにもとがめだてしなかった。

だが、とりつぶしこそまぬがれ、大坂城《おおざかじょう》こそのこされたものの、これまで天下《てんか》を支配《しはい》していた豊臣家《とよとみけ》は、摂津《せっつ》・河内《かわち》・和泉《いずみ》六十五万石《まんごく》あまりの、たんなる一大名《いちだいみょう》となってしまった。

そして、家康《いえやす》は慶長《けいちょう》八年《ねん》(一六〇三年)二月《がつ》に、征夷大将軍《せいいたいしょうぐん》となって、江戸《えど》に幕府《ばくふ》をひらいた。この年《とし》の七月《がつ》、秀吉《ひでよし》の遺言《ゆいごん》を実行《じっこう》するべく、家康《いえやす》は、十一歳《さい》の秀頼《ひでより》に、孫娘《まごむすめ》の千姫《せんひめ》をめあわせた。

(よかった。これで、内府《ないふ》は、秀頼《ひでより》ぎみを、おろそかにされることはあるまい。)

正則《まさのり》は安心《あんしん》した。

慶長《けいちょう》十年《ねん》(一六〇五年《ねん》)、家康《いえやす》は将軍職《しょうぐんしょく》を、秀忠《ひでただ》にゆずった。

そして、慶長《けいちょう》十六年《ねん》(一六一一年《ねん》)、家康《いえやす》は上洛《じょうらく》して、二条城《にじょうじょう》へおもむき、いまや臣下《しんか》の地位《ちい》にある豊臣秀頼《とよとみひでより》に、大坂城《おおざかじょう》から、あいさつにくるように命《めい》じた。

「家康《いえやす》め、なんたることを。」

秀頼《ひでより》の母《はは》である、淀《よど》ぎみは怒《おこ》った。

「もとはといえば、家康《いえやす》はわが豊臣家《とよとみけ》の家老《かろう》ではなかったのか。それを、あやつめは忘《わす》れよって。」

淀《よど》ぎみは、家康《いえやす》の命令《めいれい》をはねつけようとした。

このとき、豊臣家《とよとみけ》の恩《おん》と、徳川家《とくがわけ》への忠義《ちゅうぎ》との板《いた》ばさみになった正則《まさのり》と加藤清正《かとうきよまさ》は、けんめいに、淀《よど》ぎみを説得《せっとく》した。

「なにとぞ、なにとぞ、秀頼《ひでより》ぎみを、二条城《にじょうじょう》へ。」

「もしも、内府《ないふ》の命令《めいれい》にそむけば、大変《たいへん》なことになりかねませぬ。」

淀《よど》ぎみはいった。

「されど、家康《いえやす》は、秀頼《ひでより》を殺《ころ》すかもしれぬではないか。」

正則《まさのり》は強《つよ》く首《くび》をふって、いった。

「そのようなことは、させませぬ。われらが、命《いのち》にかえても、秀頼《ひでより》ぎみをお守《まも》りいたしまする。」

清正《きよまさ》もいった。

「われらを信《しん》じてくださりませ。」

そのことばに、淀《よど》ぎみはついに折《お》れた。

家康《いえやす》と秀頼《ひでより》の会見《かいけん》は、二《に》条城《じょうじょう》でおこなわれた。

（けっして、秀頼《ひでより》ぎみに、手《て》は出《だ》させぬ。）

正則《まさのり》は沿道《えんどう》に、一万《まん》の兵《へい》をひかえさせて、万一《まんいち》のときにそなえた。そして、みずからは、清正《きよまさ》とともに、短刀《たんとう》をふところに忍《しの》ばせて、会見《かいけん》を見《み》まもった。

会見《かいけん》は、なにごともなく、終《お》わった。

正則《まさのり》は、胸《むね》をなでおろした。

（これでよい。秀頼《ひでより》ぎみを、われらが守《まも》ったのだ。）


だが、正則《まさのり》の願《ねが》いもむなしく、家康《いえやす》は、天下統一《てんかとういつ》をゆるぎないものにするため、慶長《けいちょう》十九年《ねん》（一六一四年《ねん》）と慶長《けいちょう》二十年《ねん》（一六一五年《ねん》）に、豊臣家《とよとみけ》をほろぼそうと、大坂《おおざか》の役《えき》をおこした。

そして、「けっして落《お》ちることはない。」と、秀吉《ひでよし》が自慢《じまん》した大坂城《おおざかじょう》を、家康《いえやす》は、大軍《たいぐん》で攻《せ》めおとしてしまった。正則《まさのり》がけんめいに守《まも》ろうとした秀頼《ひでより》は切腹《せっぷく》し、豊臣家《とよとみけ》はほろびたのである。

このとき、家康《いえやす》は、用心《ようじん》のために、正則《まさのり》には留守居役《るすいやく》を命《めい》じて、江戸城《えどじょう》に足止《あしど》めしていた。

さらに、家康《いえやす》が死《し》んだあと、二代《だい》将軍《しょうぐん》の秀忠《ひでただ》は、ささいな理由《りゆう》をつけて、福島家《ふくしまけ》を改易《かいえき》した。

正則《まさのり》は、安芸《あき》・備後《びんご》の四十九万《まん》八千石《ごく》から、信濃《しなの》と越後《えちご》の一部《いちぶ》、あわせて四万《まん》五千石《ごく》へと、領地《りょうち》を大《おお》きくへらされてしまったのである。

「なんということか。わしは、秀頼《ひでより》ぎみを守《まも》れなかったばかりか、徳川《とくがわ》にいいようにあやつられていたのか。」

寛永元年《かんえいがんねん》（一六二四年《ねん》）、正則《まさのり》は、失意《しつい》のうちに、六十四歳《さい》で死《し》んだ。

第《だい》八章《しょう》

黒《くろ》田《だ》長《なが》政《まさ》〈東軍《とうぐん》〉

父《ちち》ゆずりの、さきを見《み》すえる力《ちから》

「よいか、長政《ながまさ》。」

黒田長政《くろだながまさ》の父《ちち》である如水《じょすい》（官兵衛《かんべえ》）は、こういった。

「太閤亡《たいこうな》きあとは、内府《ないふ》（徳川家康《とくがわいえやす》）に味方《みかた》せよ。」

「ははっ。」

長政《ながまさ》はうなずいた。

――信長《のぶなが》、秀吉《ひでよし》とつづいたあとは、徳川家康《とくがわいえやす》。この男《おとこ》しか、天下《てんか》をおさめる力《ちから》はない。

黒田父子《くろだふし》は、それを見通《みとお》していた。

父《ちち》の官兵衛《かんべえ》は、秀吉《ひでよし》の軍師《ぐんし》として、秀吉《ひでよし》が天下人《てんかびと》になれるように、知略《ちりゃく》のかぎりをつくして、秀吉《ひでよし》をささえてきた。そのめざましいはたらきによって、黒田家《くろだけ》は、播磨《はりま》の小大名《しょうだいみょう》の一家老《いちかろう》という地位《ちい》から、豊前中津《ぶぜんなかつ》十二万石《まんごく》の大名《だいみょう》となることができた。

だが、秀吉《ひでよし》は、天下《てんか》を支配《しはい》するようになると、しだいに官兵衛《かんべえ》を遠《とお》ざけるようになっていった。

あやつは、あまりにも頭《あたま》が切《き》れる。

官兵衛《かんべえ》の底知《そこし》れない才知《さいち》と胆力《たんりょく》を、秀吉《ひでよし》は、しだいにおそれるようになったのだ。そして、官《かん》兵衛《べえ》を遠《とお》ざけると同時《どうじ》に、秀吉《ひでよし》にひたすら忠義《ちゅうぎ》をつくす石田三成《いしだみつなり》を重《おも》んじるようになった。

父《ちち》の官兵衛《かんべえ》が、秀吉《ひでよし》にうとんじられているのを見《み》て、長政《ながまさ》は、複雑《ふくざつ》な思《おも》いをいだいた。


長政《ながまさ》は、おさないころに、秀吉《ひでよし》に命《いのち》を助《たす》けてもらったことが忘《わす》れられなかった。

永禄《えいろく》十一年《ねん》（一五六八年《ねん》）に、播磨姫路城《はりまひめじじょう》で、長政《ながまさ》は生《う》まれた。

松寿丸《しょうじゅまる》とよばれていた十歳《さい》のときに、織田信長《おだのぶなが》の人質《ひとじち》として、秀吉《ひでよし》の長浜城《ながはまじょう》にあずけられた。

そこで、松寿丸《しょうじゅまる》は秀吉《ひでよし》と妻《つま》のおねに、かわいがられて育《そだ》った。

しかし、天正《てんしょう》六年《ねん》（一五七八年《ねん》）、信長《のぶなが》にしたがって、摂津一国《せっついっこく》をまかされていた荒木村重《あらきむらしげ》が、とつぜん有岡城《ありおかじょう》で、信長《のぶなが》にそむく意思《いし》をしめした。

その叛意《はんい》をひるがえさせようと、秀吉《ひでよし》は、村重《むらしげ》と親《した》しかった官兵衛《かんべえ》を、有岡城《ありおかじょう》へ行《い》かせた。だが、村重《むらしげ》は、官兵衛《かんべえ》のことばを聞《き》こうとしなかった。そして、官兵衛《かんべえ》を、土牢《つちろう》にとじこめてしまった。

このことで、官兵衛《かんべえ》の消息《しょうそく》がぷっつりととだえてしまった。

「どうしたのだ、官兵衛《かんべえ》は。なにゆえ、もどらぬのだ。」

信長《のぶなが》は、いつまでももどらぬ官兵衛《かんべえ》を、村重方《むらしげがた》に寝《ね》がえったと見《み》なした。そして、怒《いか》りのあまり、秀吉《ひでよし》に命《めい》じた。

「みせしめに、人質《ひとじち》の松寿丸《しょうじゅまる》を殺《ころ》せ。」

秀吉《ひでよし》は、こまった。

官兵衛《かんべえ》は、けっして、うらぎったりはしない。そう信《しん》じていた秀吉《ひでよし》は、こっそりと、松寿丸《しょうじゅまる》を竹中半兵衛《たけなかはんべえ》にあずけて、命《いのち》を助《たす》けた。

そのあと、官兵衛《かんべえ》が有岡城《ありおかじょう》の牢《ろう》からすくいだされたことを聞《き》いて、信長《のぶなが》は、松寿丸《しょうじゅまる》を殺《ころ》せと命《めい》じたことをくやんだ。だが、秀吉《ひでよし》の機転《きてん》で、松寿丸《しょうじゅまる》が生《い》きていることを知《し》って、信長《のぶなが》は顔《かお》にこそ出《だ》さなかったが、内心《ないしん》、よろこんだ。

こうして、命《いのち》びろいした長政《ながまさ》は、天正《てんしょう》十年《ねん》（一五八二年《ねん》）、信長《のぶなが》が本能寺《ほんのうじ》で自刃《じじん》すると、父《ちち》の官兵衛《かんべえ》とともに、秀吉《ひでよし》につかえることになった。

天正《てんしょう》十五年《ねん》（一五八七年《ねん》）、秀吉《ひでよし》の九州平定《きゅうしゅうへいてい》の戦《いくさ》で功績《こうせき》をあげた黒田父子《くろだふし》は、豊前中津《ぶぜんなかつ》に、十二万石《まんごく》をあたえられた。

天正《てんしょう》十七年《ねん》（一五八九年《ねん》）、父《ちち》が隠居《いんきょ》をしたために、長政《ながまさ》は、黒田家《くろだけ》をつぐことになった。

文禄元年《ぶんろくがんねん》（一五九二年《ねん》）からおこなわれた朝鮮出兵《ちょうせんしゅっぺい》で、長政《ながまさ》は五千の兵《へい》をひきいて、さまざまな武功《ぶこう》をあげたが、そのころから、奉行《ぶぎょう》である石田三成《いしだみつなり》や小西行長《こにしゆきなが》らと対立《たいりつ》するようになり、しだいに家康《いえやす》に近《ちか》づいていった。

文禄《ぶんろく》三年《ねん》(一五九四年《ねん》)、二十七歳《さい》の長政《ながまさ》は、柳生《やぎゅう》の里《さと》にいる柳生石舟斎宗厳《やぎゅうせきしゅうさいむねよし》を、家康《いえやす》にひきあわせた。

「石舟斎《せきしゅうさい》どのは、無刀《むとう》どりの達人《たつじん》でござる。」

と、家康《いえやす》に教《おし》えたのだ。

家康《いえやす》は、剣術《けんじゅつ》の腕《うで》にすぐれ、奥山流《おくやまりゅう》の奥義《おうぎ》をきわめていた。

「さようか。」

家康《いえやす》はいった。

「ぜひ、会《あ》いたいものじゃ。」

「承知《しょうち》いたしました。」

長政《ながまさ》は、手配《てはい》した。

家康《いえやす》と石舟斎《せきしゅうさい》は、京都《きょうと》の鷹峰《たかがみね》で会《あ》った。

このとき、家康《いえやす》は、びわの木刀《ぼくとう》で、石舟斎《せきしゅうさい》に向《む》かって、思《おも》い切《き》り打《う》ちこんだ。しかし、石舟斎《せきしゅうさい》は、素手《すで》で立《た》ち向《む》かい、家康《いえやす》の木刀《ぼくとう》を宙《ちゅう》に飛《と》ばした。

「じつに、みごとじゃ。」

家康《いえやす》は感心《かんしん》し、柳生《やぎゅう》の兵法《へいほう》に入門《にゅうもん》した。そして、石舟斎《せきしゅうさい》の息子《むすこ》である宗矩《むねのり》を二百石《こく》で召《め》しかかえ、徳川家《とくがわけ》の剣術指南《けんじゅつしなん》とした。

まさに、秀吉《ひでよし》の家臣《かしん》であるはずの長政《ながまさ》が、家康《いえやす》の忠実《ちゅうじつ》な家臣《かしん》のようになってはたらき、徳川家《とくがわけ》と柳生家《やぎゅうけ》をむすびつけたのである。

慶長《けいちょう》三年《ねん》（一五九八年《ねん》）、秀吉《ひでよし》が没《ぼっ》した。三成《みつなり》と対立《たいりつ》していた長政《ながまさ》は、父《ちち》のことばもあって、大老《たいろう》の家康《いえやす》に、さらに近《ちか》づいた。そして、家康《いえやす》の養女《ようじょ》である、栄姫《えいひめ》を正室《せいしつ》にむかえた。

慶長《けいちょう》四年《ねん》（一五九九年《ねん》）に、前田利家《まえだとしいえ》が病死《びょうし》すると、長政《ながまさ》は、福島正則《ふくしままさのり》や加藤清正《かとうきよまさ》ら「武断《ぶだん》派《は》」の大名《だいみょう》とともに、三成《みつなり》を襲《おそ》った。

三成《みつなり》が佐和山城《さわやまじょう》にひきこもると、長政《ながまさ》は、大坂城西《おおざかじょうにし》の丸《まる》で、「天下《てんか》どの」とよばれるようになった家康《いえやす》に、忠実《ちゅうじつ》につかえた。

慶長《けいちょう》五年《ねん》（一六〇〇年《ねん》）六月《がつ》に、家康《いえやす》が会津討伐《あいづとうばつ》の兵《へい》をおこすと、長政《ながまさ》は、家康《いえやす》にしたがって、出陣《しゅつじん》した。

出陣《しゅつじん》にあたって、長政《ながまさ》は、家康《いえやす》にひそかによばれた。

「むこどの。」

と、家康《いえやす》は長政《ながまさ》にいった。そうよんだのは、家康《いえやす》の養女《ようじょ》である栄姫《えいひめ》を、長政《ながまさ》が正室《せいしつ》にもらっていたからである。

「は。」

「われらが会津《あいづ》に向《む》かえば、かならず三成《みつなり》が動《うご》くと思《おも》われるが、いかがいたそう。」

家康《いえやす》のことばに、長政《ながまさ》はいった。

「三成《みつなり》ごとき、内府《ないふ》の敵《てき》ではござらぬ。」

家康《いえやす》はいった。

「されど、安心《あんしん》はできぬ。三成《みつなり》は、会津《あいづ》の上杉《うえすぎ》と気脈《きみゃく》を通《つう》じているように思《おも》われるし、毛利《もうり》や宇《う》喜多《きた》、小早川《こばやかわ》ら、西国《さいごく》の大名《だいみょう》たちは、三成《みつなり》に味方《みかた》するかもしれぬ。」

長政《ながまさ》は首《くび》をふった。

「毛利《もうり》を、三成《みつなり》の味方《みかた》には、させませぬ。わたしは、毛利家《もうりけ》を事実上《じじつじょう》ささえている吉川広家《きっかわひろいえ》とは、親《した》しい仲《なか》でござる。広家《ひろいえ》は、三成《みつなり》を毛《け》ぎらいしておりますゆえ、内府《ないふ》のお味方《みかた》となりましょう。」

家康《いえやす》はうなずいた。

「それは、ありがたい。」

「それに、小早川《こばやかわ》の家老《かろう》である平岡頼勝《ひらおかよりかつ》は、わたしの縁者《えんじゃ》でござる。平岡《ひらおか》を通《つう》じて、小早川《こばやかわ》は、三成《みつなり》に組《くみ》せぬように、はからいまする。」

家康《いえやす》は、よろこんだ。

「それと、いまひとつ。むこどの、この討伐軍《とうばつぐん》についてきている大名《だいみょう》たち、とりわけ、福島正則《ふくしままさのり》ら、豊臣家《とよとみけ》につかえてきた多《おお》くの武将《ぶしょう》たちが、三成《みつなり》に味方《みかた》せぬようにしなくてはならぬが、さて、いかがすればよいかのう……。」

長政《ながまさ》はいった。

「おまかせくだされ。わたしが、かれらをまとめまする。まずは、もっとも声《こえ》の大《おお》きい、福島正《ふくしままさ》則《のり》を、内府《ないふ》のお味方《みかた》にしてみせまする。正則《まさのり》は、わたしと同様《どうよう》、三成《みつなり》を殺《ころ》したいほど憎《にく》んでおりますれば、だいじょうぶでござる。」

七月《がつ》二十四日《か》、会津討伐軍《あいづとうばつぐん》が下野《しもつけ》小山《おやま》についたとき、三成《みつなり》が兵《へい》をあげたことを聞《き》いた長政《ながまさ》は、

福島正則《ふくしままさのり》の陣《じん》をたずねて、いった。

「三成《みつなり》が挙兵《きょへい》したが、貴殿《きでん》は、いかがいたすつもりか。大坂方《おおざかがた》につくか、それとも内府《ないふ》を助《たす》けて、三成《みつなり》を討《う》つか。貴殿《きでん》の考《かんが》えを聞《き》かせてほしい。」

正則《まさのり》は、太《ふと》い眉《まゆ》を寄《よ》せて、いった。

「じつは、まよっておる。貴殿《きでん》は、どうするつもりなのだ。」

「わたしの考《かんが》えは決《き》まっておる。秀頼《ひでより》ぎみはまだおさない。みずからの考《かんが》えなど、あるはずもない。三成《みつなり》は、豊臣家《とよとみけ》のためといいながら、じつはおのれの野望《やぼう》のために挙兵《きょへい》したのだ。わたしは、内府《ないふ》に味方《みかた》する。」

長政《ながまさ》はいった。

「ともに、内府《ないふ》に味方《みかた》しようではないか。」

正則《まさのり》はうなずき、それから、いった。

「長政《ながまさ》よ。ほんとうに、内府《ないふ》は、だいじょうぶだろうな。」

長政《ながまさ》は、正則《まさのり》の顔《かお》を見《み》やった。

「秀頼《ひでより》ぎみを、内府《ないふ》は、どうされるおつもりなのだ。まさか、殺《ころ》されたりはしないだろうな。」

正則《まさのり》は、真剣《しんけん》なおももちで、たずねた。

「どうもされるものか。」

長政《ながまさ》は、強《つよ》い口調《くちょう》で、いった。

「いいか、こたびの敵《てき》は、三成《みつなり》だ。三成《みつなり》は、秀頼《ひでより》ぎみがおさないのをよいことに、たぶらかそうとしているのだぞ。そんな三成《みつなり》を、内府《ないふ》はとりのぞこうとされているのだ。」

長政《ながまさ》のことばに、正則《まさのり》は安心《あんしん》したように、深《ふか》く、うなずいた。


あくる二十五日《にち》、家康《いえやす》は諸侯《しょこう》をあつめて、軍議《ぐんぎ》をひらいた。その席《せき》で、家康《いえやす》はいった。

「石田三成《いしだみつなり》が、わしを打倒《だとう》するといって、大坂《おおざか》で兵《へい》をあげた。」

そうした動《うご》きをまだ知《し》らなかった大名《だいみょう》たちが、おどろいた。

「三成《みつなり》は、秀頼《ひでより》ぎみを守《まも》るためといっておるが、そこもとたちの妻子《さいし》は、大坂《おおざか》で人質《ひとじち》になっておろう。それゆえ、三成《みつなり》に味方《みかた》しようと思《おも》う者《もの》は、えんりょなく、ひきかえせ。じゃまはいたさぬ。」

家康《いえやす》のことばに、大名《だいみょう》たちはたがいに、顔《かお》を見《み》あわせた。重《おも》くるしい沈黙《ちんもく》が、あたりをおおった。

(さあ、いえ。正則《まさのり》。だれよりも大《おお》きな声《こえ》で、いえ。)

長政《ながまさ》は、正則《まさのり》を見《み》やった。

それがつたわったように、正則《まさのり》は立《た》ちあがって、野太《のぶと》い声《こえ》でいった。

「あいや。ほかの者《もの》は、いざ知《し》らず、拙者《せっしゃ》は、妻子《さいし》を捨《す》てても、内府《ないふ》どのにお味方《みかた》いたす。三成《みつなり》は、秀頼《ひでより》ぎみのためといっておるそうだが、おさない秀頼《ひでより》ぎみはなにもご存《ぞん》じあるまい。三成《みつなり》こそは、秀頼《ひでより》ぎみをだまそうとしている奸臣《かんしん》ぞ。」

戦場《せんじょう》できたえられた大声《おおごえ》でそういったあと、正則《まさのり》は、ちらりと長政《ながまさ》に目《め》をやった。

(よし、それでよい。それで決《き》まった。)

長政《ながまさ》は、正則《まさのり》に向《む》かって、うなずいた。

正則《まさのり》のこの発言《はつげん》が、その場《ば》の流《なが》れを決《き》めた。池田輝政《いけだてるまさ》、浅野幸長《あさのよしなが》、細川忠興《ほそかわただおき》ら、豊臣恩顧《とよとみおんこ》の大《だい》名《みょう》たちが、いっせいに、正則《まさのり》のことばに賛同《さんどう》したのだ。

「拙者《せっしゃ》も。」

「拙者《せっしゃ》も。」

すると、山内一豊《やまうちかずとよ》がきっぱりといった。

「東海道《とうかいどう》を攻《せ》めのぼるには、城《しろ》と兵糧《ひょうろう》が必要《ひつよう》となります。拙者《せっしゃ》は、内府《ないふ》どのに、わが掛川《かけがわ》の城《しろ》をあけわたしまする。」

長政《ながまさ》はおどろいた。

(城《しろ》をそっくり内府《ないふ》にあけわたすだと? 一豊《かずとよ》め、さすがに、流《なが》れを読《よ》む勘《かん》がするどい。)

一豊《かずとよ》のことばに、一瞬《いっしゅん》あっけにとられた東海道《とうかいどう》の大名《だいみょう》たちは、はっと気《き》づいたように、われもわれもと同調《どうちょう》した。

「わが城《しろ》も、あけわたしまする。」

「わが城《しろ》も、お使《つか》いくだされ。」

そのとき、正則《まさのり》がいそいで、野太《のぶと》い声《こえ》で、いった。

「わが清洲城《きよすじょう》には、十万《まん》の兵《へい》の軍資《ぐんし》がたくわえられています。どうぞ、この城《しろ》を内府《ないふ》の城《しろ》として、お使《つか》いくだされ。」

家康《いえやす》は、くちびるをきつくひきむすんで、ゆっくりとうなずいた。

「ありがたいことでござる。」

家康《いえやす》は、大名《だいみょう》たちを見《み》わたして、いった。

「では、こたびの、三成《みつなり》との戦《いくさ》、福島正則《ふくしままさのり》どのと池田輝政《いけだてるまさ》どのに、先鋒《せんぽう》をつとめていただこう。」

「ありがたきことでござる。」

正則《まさのり》は、よろこびに感《かん》きわまったような声《こえ》で、いった。

（よし、なにもかも思《おも》い通《どお》りになったぞ。）

長政《ながまさ》は、内心《ないしん》、よろこんだ。


軍議《ぐんぎ》のあと、長政《ながまさ》は、家康《いえやす》によばれた。

「むこどの。ありがたいことに、なにもかも、よきしだいとなった。むこどののおかげじゃ。」

家康《いえやす》は長政《ながまさ》の手《て》をにぎって、いった。

「いや、すべては、内府《ないふ》のご人徳《じんとく》によるものでございます。」

長政《ながまさ》がいうと、家康《いえやす》はいった。

「あとは、小早川秀秋《こばやかわひであき》と、毛利《もうり》のこと、くれぐれも、三成《みつなり》に味方《みかた》せぬように、よしなにたのむ。」

「おまかせくだされ。」

長政《ながまさ》はうなずいた。


九月《がつ》十五日《にち》、関ケ原《せきがはら》の戦《いくさ》では、長政《ながまさ》は、笹尾山《ささおやま》に陣《じん》した石田三成隊《いしだみつなりたい》と戦《たたか》った。

その攻撃力《こうげきりょく》はすさまじく、三成《みつなり》の家老《かろう》である荒武者《あらむしゃ》、島左近《しまさこん》を討《う》ちとった。しかし、長政《ながまさ》の大《おお》きな功績《こうせき》は、吉川広家《きっかわひろいえ》を徳川《とくがわ》の味方《みかた》につけて、南宮山《なんぐうさん》に毛利秀元隊《もうりひでもとたい》をくぎづけにしたことだった。広家《ひろいえ》が前方《ぜんぽう》で進路《しんろ》をふさいでいたために、毛利隊《もうりたい》も、安国寺恵瓊隊《あんこくじえけいたい》も、長宗我部盛親隊《ちょうそかべもりちかたい》も、あわせて二万《まん》八千の兵《へい》が、関ヶ原《せきがはら》の戦《いくさ》に参戦《さんせん》できなかったのだ。

さらに、もっとも大《おお》きな功績《こうせき》は、一万《まん》三千をひきいて、松尾山《まつおやま》に陣取《じんど》っていた小早川秀秋《こばやかわひであき》を徳《とく》川方《がわがた》にひきこみ、ここぞというときに、西軍《せいぐん》をうらぎらせて、東軍《とうぐん》に味方《みかた》させたことだった。

まさに、父《ちち》の如水《じょすい》ゆずりの、たくみな策謀《さくぼう》が、家康《いえやす》に勝利《しょうり》をもたらしたのである。

「むこどののおかげで、勝《か》つことができた。」

家康《いえやす》は、戦《いくさ》のあと、長政《ながまさ》の手《て》を強《つよ》くにぎりしめて、感謝《かんしゃ》した。

そして、御感状《ごかんじょう》をあたえ、関ヶ原一番《せきがはらいちばん》の功労者《こうろうしゃ》として、「子々孫々代々《ししそんそんだいだい》まで罪《つみ》を免除《めんじょ》する」というお墨付《すみつ》きを、長政《ながまさ》にあたえた。

こうして、長政《ながまさ》は、豊前中津《ぶぜんなかつ》十二万石《まんごく》から、筑前《ちくぜん》五十二万《まん》三千石《ごく》の大名《だいみょう》になったのである。

九月《がつ》二十五日《にち》、大津《おおつ》の家康《いえやす》の陣《じん》の門外《もんがい》で、しばられたまま待《ま》たされている三成《みつなり》の姿《すがた》を見《み》て、長《なが》政《まさ》は、馬《うま》からおりた。

(あわれな。)

長政《ながまさ》は、三成《みつなり》を、ずっと殺《ころ》したいほど、憎《にく》んでいた。父《ちち》の如水《じょすい》が秀吉《ひでよし》に疑《うたが》われて、あやうく切腹《せっぷく》させられそうになったのは、三成《みつなり》の讒言《ざんげん》によるものだと信《しん》じていた。しかし、そのしばられた姿《すがた》は、あまりにあわれだった。

(あれほどにも、力《ちから》をふるった者《もの》が、こうなるとは。)

長政《ながまさ》は、戦《いくさ》の非情《ひじょう》なおきてを感《かん》じた。

(東軍《とうぐん》が負《ま》けていれば、わたしがこうなっていたかもしれないのだ。)

長政《ながまさ》は三成《みつなり》に近《ちか》づくと、みずからの羽織《はおり》をぬいで、三成《みつなり》の体《からだ》にかけて、いった。

「勝敗《しょうはい》は、ときの運《うん》でござる。」

長政《ながまさ》のことばに、三成《みつなり》はだまって、うなずいた。

家康《いえやす》に味方《みかた》した豊臣恩顧《とよとみおんこ》の大名《だいみょう》たちは、関ケ原《せきがはら》の戦《いくさ》のあと、領地《りょうち》を加増《かぞう》してもらった。しかし、安芸《あき》・備後《びんご》四十九万《まん》八千石《ごく》の福島正則《ふくしままさのり》や、肥後《ひご》五十二万石《まんごく》の加藤清正《かとうきよまさ》らは、徳川《とくがわ》の世《よ》がすぎていくなかで、つぎつぎと不運《ふうん》な最期《さいご》をとげたり、家《いえ》がとりつぶされたりしていった。

そうしたなかで、黒田家《くろだけ》がおさめた筑前《ちくぜん》の福岡藩《ふくおかはん》だけは、家康《いえやす》の御感状《ごかんじょう》により、ぶじに長《なが》らえ

ることができた。

元和《げんな》九年《ねん》（一六二三年《ねん》）、長政《ながまさ》は、京都《きょうと》で、五十五年《ねん》の生涯《しょうがい》を終《お》えた。

辞世《じせい》の句《く》は、こうである。

――このほどは浮世《うきよ》の旅《たび》に迷《まよ》いきて、今《いま》こそ帰《かえ》れ、あんらくの空《そら》

第《だい》九章《しょう》

井《い》伊《い》直《なお》政《まさ》〈東軍《とうぐん》〉

徳川《とくがわ》武士《ぶし》の強《つよ》さを見《み》せてくれる

「この戦《いくさ》、われら、徳川《とくがわ》の戦《いくさ》ではないか。それなのに、戦《いくさ》の先鋒《せんぽう》を、豊臣《とよとみ》の家臣《かしん》である福島正則《ふくしままさのり》に命《めい》じられるとは、なっとくできぬ。」

井伊直政《いいなおまさ》は、不満《ふまん》だった。

その生涯《しょうがい》において、戦《いくさ》の生傷《なまきず》がたえず、「赤鬼《あかおに》」とよばれた直政《なおまさ》は、のちに徳川四天王《とくがわしてんのう》とよばれるうちのひとりとして、徳川《とくがわ》の天下《てんか》とりを全力《ぜんりょく》でささえ、その忠義《ちゅうぎ》ぶりと勇猛《ゆうもう》さをうたわれた武将《ぶしょう》だった。

永禄四年《えいろくねん》(一五六一年《ねん》)、今川氏《いまがわし》の家臣《かしん》である井伊直親《いいなおちか》の長男《ちょうなん》として、直政《なおまさ》は、遠江《とおとうみ》の井伊谷《いいのや》で生《う》まれ、虎松《とらまつ》と名《な》づけられた。

しかし、あくる年《とし》に、父《ちち》の直親《なおちか》は、徳川《とくがわ》に通《つう》じたとして、今川氏真《いまがわうじざね》に殺《ころ》された。そのとき、虎《とら》松《まつ》も殺《ころ》されるはずだった。

「なにとぞ、なにとぞ、この子《こ》の命《いのち》だけは。」

と、助命《じょめい》を嘆願《たんがん》する者《もの》がいて、虎松《とらまつ》は寺《てら》にあずけられた。

やがて、今川《いまがわ》がほろび、虎松《とらまつ》は三河《みかわ》の寺《てら》へ逃《のが》れたあと、浜松《はままつ》へうつった。そして、母《はは》が嫁入《よめい》りしていた松下家《まつしたけ》で養育《よういく》されることになった。

運命《うんめい》の出会《であ》いは、天正《てんしょう》三年《ねん》(一五七五年《ねん》)の冬《ふゆ》だった。

そのとき、鷹狩《たかが》りをしていた家康《いえやす》に、十五歳《さい》の虎松《とらまつ》はみいだされたのだ。

「よい、つらがまえをしておる。」

家康《いえやす》は、虎松《とらまつ》をかわいがり、井伊家《いいけ》のもともとの領地《りょうち》であった井伊谷《いいのや》二千石《ごく》をあたえた。

「これからは、万千代《まんちよ》と名《な》のれ。」

万千代《まんちよ》は、あくる年《とし》に、初陣《ういじん》をはたしたが、その戦《いくさ》ばたらきはめざましく、家康《いえやす》をよろこばせた。

天正十年《てんしょうねん》(一五八二年《ねん》)、二十二歳《さい》で元服《げんぷく》し、直政《なおまさ》と名《な》のることになった。この年《とし》、家康《いえやす》の養女《ようじょ》である花《はな》を妻《つま》にした。

同《おな》じ年《とし》、本能寺《ほんのうじ》の変《へん》で、信長《のぶなが》が明智光秀《あけちみつひで》に攻《せ》められ自刃《じじん》したとき、直政《なおまさ》は、小姓組《こしょうぐみ》としてはたらき、堺《さかい》にいた家康《いえやす》をぶじに伊賀《いが》ごえさせて、三河《みかわ》へと帰還《きかん》させた。

武田家《たけだけ》がほろんで、家康《いえやす》が信濃《しなの》と甲斐《かい》をえたとき、武田《たけだ》の遺臣《いしん》七十四騎《き》と、坂東武者《ばんどうむしゃ》四十三騎《き》が、直政《なおまさ》にあたえられた。

「まことにありがとうございます。」

直政《なおまさ》は、よろこんだ。

さらに、家康《いえやす》は、

「そなた、『赤備え《あかぞな》』をうけつぐがよい。」

といって、武田二十四将《たけだにじゅうよんしょう》の一として名高《なだか》い、山県昌景《やまがたまさかげ》の「赤備え《あかぞな》」を、直政《なおまさ》にうけつがせた。それは、かぶと、具足《ぐそく》、指《さ》し物《もの》、旗《はた》、鞍《くら》にいたるまで、真《ま》っ赤《か》に染《そ》めあげた武装《ぶそう》で、戦場《せんじょう》では、おそろしくめだつものだった。まさに、武田軍最強《たけだぐんさいきょう》の部隊《ぶたい》とうたわれた「赤備え《あかぞな》」を、武田家《たけだけ》の遺《い》臣《しん》ごと、家康《いえやす》はあたえたのだ。

「ははっ。もったいのうございまする。」

直政《なおまさ》は、ひれふした。

「これよりは、そなたがわが徳川《とくがわ》の先鋒《せんぽう》となれ。」

家康《いえやす》はいった。

「ありがたき、おおせ。」

直政《なおまさ》は感激《かんげき》した。

(よし、わたしが徳川《とくがわ》の先鋒《せんぽう》となるのだ。)

天正《てんしょう》十二年《ねん》（一五八四年《ねん》）、家康《いえやす》が秀吉《ひでよし》と対決《たいけつ》した、小牧《こまき》・長久手《ながくて》の戦《いくさ》では、二十四歳《さい》の直政《なおまさ》は、先鋒《せんぽう》として、「赤備《あかぞな》え」の部隊《ぶたい》をひきいて、すさまじい突撃《とつげき》をした。

全身《ぜんしん》、真《ま》っ赤《か》な武装《ぶそう》で、かぶとには、鬼《おに》の角《つの》のような前立物《まえだてもの》をあしらい、長《なが》い槍《やり》で、敵《てき》をけちらしていく直政《なおまさ》の姿《すがた》は、

「井伊《いい》の赤鬼《あかおに》。」

と、おそれられた。

戦《いくさ》では勇猛《ゆうもう》なはたらきをする直政《なおまさ》も、ふだんは顔《かお》や心根《こころね》がやさしかったので、秀吉《ひでよし》が家康《いえやす》のもとへ、人質《ひとじち》としておくりこんできた秀吉《ひでよし》の母《はは》、大政所《おおまんどころ》の世話《せわ》をまかされた。大政所《おおまんどころ》は、直政《なおまさ》が気《き》に入《い》って、秀吉《ひでよし》のもとに帰《かえ》されるとき、

「直政《なおまさ》どのに、警護《けいご》していただきたい。」

と、指名《しめい》した。

秀吉《ひでよし》は、大政所《おおまんどころ》に対《たい》する直政《なおまさ》のやさしさをよろこび、みずから茶《ちゃ》をたてて、直政《なおまさ》の疲《つか》れをいやそうとした。

しかし、その席《せき》には、石川数正《いしかわかずまさ》がいた。

数正《かずまさ》は、かつては家康《いえやす》の信任《しんにん》があつい家老《かろう》だった。しかし、「人《ひと》たらし」といわれる秀吉《ひでよし》に、たぶらかされるようにして、秀吉《ひでよし》の家臣《かしん》になってしまったのだ。

(うぬっ。不忠者《ふちゅうもの》めっ。)

直政《なおまさ》は、数正《かずまさ》をにらみつけた。そして、声高《こわだか》に、いった。

「先祖《せんぞ》よりつかえた主君《しゅくん》にそむいて殿下《でんか》にしたがう臆病者《おくびょうもの》と同席《どうせき》することなど、かたくおことわりもうす。」

「さようか。」

秀吉《ひでよし》は苦笑《にがわら》いをしたが、あくまでも家康《いえやす》に忠義《ちゅうぎ》をつくそうとする直政《なおまさ》の勢《いきお》いに押《お》されたように、ことさら、直政《なおまさ》をとがめだてしなかった。

家康《いえやす》が、秀吉《ひでよし》の臣下《しんか》となり、天正《てんしょう》十八年《ねん》(一五九〇年《ねん》)に北条攻《ほうじょうぜ》めをしたときには、直政《なおまさ》は夜《や》襲《しゅう》をかけて、小田原城内《おだわらじょうない》に攻《せ》めこんだ。そして、四百あまりの北条方《ほうじょうがた》を討《う》ちとって、「井伊《いい》の赤《あか》鬼《おに》」の名《な》を天下《てんか》にとどろかせた。

北条氏《ほうじょうし》にかわって、家康《いえやす》が、関東八州《かんとうはっしゅう》をあたえられたとき、直政《なおまさ》は、上野国箕輪城《こうずけのくにみのわじょう》十二万石《まんごく》をあたえられた。これは、徳川家臣団《とくがわかしんだん》のなかでは、もっとも禄高《ろくだか》の高《たか》いもので、ほかに十万石以上《まんごくいじょう》をあたえられていたのは、本多忠勝《ほんだただかつ》と榊原康政《さかきばらやすまさ》のふたりだけだった。

直政《なおまさ》は、勇壮《ゆうそう》な武者《むしゃ》ぶりにもかかわらず、ふだんは、ものしずかで、おちついていた。

家康《いえやす》は、そんな直政《なおまさ》のことを、息子《むすこ》、秀忠《ひでただ》の夫人《ふじん》にあてた文《ふみ》のなかで、こう語《かた》っている。

——直政《なおまさ》は、口《くち》が重《おも》いが、ことが決《けっ》したら、すぐに実行《じっこう》する。わしが考《かんが》えちがいをして、まずいことになりかねないときには、人《ひと》のいないところで、注意《ちゅうい》してくれる。だからこそ、わしはなにごとも、直政《なおまさ》に相談《そうだん》するようになった。


慶長三年《けいちょうねん》（一五九八年《ねん》）、直政《なおまさ》は、番役《ばんやく》として、京都《きょうと》にいる家康《いえやす》のもとで、つかえていた。

この年《とし》に、秀吉《ひでよし》が死去《しきょ》した。

「直政《なおまさ》、そなたにまかせる。たのんだぞ。」

家康《いえやす》は、豊臣方《とよとみがた》の武将《ぶしょう》たちを、徳川方《とくがわがた》にひきいれるという重要《じゅうよう》な役割《やくわり》を、直政《なおまさ》にまかせた。

「承知《しょうち》いたしました。」

直政《なおまさ》は、そのころ、石田三成《いしだみつなり》と対立《たいりつ》していた豊臣《とよとみ》の「武断派《ぶだんは》」とよばれる武将《ぶしょう》たちを、味方《みかた》にひきいれることに、力《ちから》をつくした。とりわけ、黒田如水《くろだじょすい》（官兵衛《かんべえ》）と長政父子《ながまさふし》と深《ふか》い関係《かんけい》をむすび、黒田《くろだ》を通《つう》じて、ほかの武将《ぶしょう》たちを、とりこんでいった。

慶長《けいちょう》五年《ねん》（一六〇〇年《ねん》）、関ヶ原《せきがはら》の戦《たたか》いでは、直政《なおまさ》は、家康《いえやす》の本陣《ほんじん》にいて、本多忠勝《ほんだただかつ》とともに、東軍《とうぐん》の軍監《ぐんかん》に任《にん》じられた。

東軍《とうぐん》の中心役《ちゅうしんやく》として、軍全体《ぐんぜんたい》を監督《かんとく》する一方《いっぽう》で、直政《なおまさ》は、家康《いえやす》の四男《なん》である松平忠吉《まつだいらただよし》の介添《かいぞ》えを命《めい》じられた。

忠吉《ただよし》は二十一歳《さい》の若武者《わかむしゃ》で、たびたび、血気《けっき》にはやって、臣下《しんか》が止《と》めようとするのをふりはらい、突撃《とつげき》しようとした。

「軍監《ぐんかん》どの、忠吉《ただよし》さまを止《と》めてくだされ。」

しかし、直政《なおまさ》は首《くび》をふって、いいはなった。

「武士《ぶし》の子《こ》ではないか。さように用心《ようじん》して、なんになろう。もしもひき止《と》める手《て》をはなしたことで討《う》ち死《じ》にしたのなら、それまでの器量《きりょう》であったということよ。」

そう、いっただけあって、直政《なおまさ》も、関ヶ原《せきがはら》では、気《き》がはやっていた。

直政《なおまさ》は、この戦《いくさ》の先鋒《せんぽう》が、福島正則《ふくしままさのり》であることが、不満《ふまん》でならなかった。

（この戦《いくさ》、われら徳川軍《とくがわぐん》が先鋒《せんぽう》をつとめずにおくものか。）

そう決《き》めていた直政《なおまさ》は、忠吉《ただよし》にいった。

「御曹司《おんぞうし》、それがしについてきてくだされ。御曹司《おんぞうし》こそ、こたびの戦《いくさ》の先陣《せんじん》をつとめなくてはなりませぬ。」

忠吉《ただよし》は、直政《なおまさ》の顔《かお》を見《み》て、うなずいた。

「うむ。たのむぞ。」

直政《なおまさ》は、「赤備《あかぞな》え」三千六百の兵《へい》から、三十騎《き》を選《え》りすぐり、忠吉《ただよし》とともに、東軍先鋒《とうぐんせんぽう》の福島《ふくしま》正則隊《まさのりたい》の脇《わき》を通《とお》りすぎた。さらに、前進《ぜんしん》しようとしたので、

「待《ま》たれよ。今日《きょう》の先鋒《せんぽう》は、左衛門大夫《さえもんのたいふ》（福島正則《ふくしままさのり》）なり。どなたであれ、この先《さき》へは通《とお》せませんん。」

と、福島隊《ふくしまたい》の先頭隊長《せんとうたいちょう》である可児才蔵《かにさいぞう》（吉長《よしなが》）にとがめられた。

「井伊直政《いいなおまさ》でござる。」

直政《なおまさ》はいった。

「下野公《しもつけこう》（松平忠吉《まつだいらただよし》）とともに、物見《ものみ》にきたのでござる。下野公《しもつけこう》はご初陣《ういじん》なれば、戦《いくさ》がどのようにはじまるかをごらんにいれようとしているのであり、合戦《かっせん》をはじめようとはしておりません。」

と、いつわった。

そして、西軍《せいぐん》の宇喜多隊《うきたたい》の前面《ぜんめん》に出《で》ると、とつぜん、三十騎《き》に、

「撃《う》てっ。」

と、命《めい》じた。

「赤備《あかぞな》え」の三十騎《き》が発砲《はっぽう》した。

午前《ごぜん》八時《じ》、ついに、関ケ原《せきがはら》で戦端《せんたん》がひらかれたのだ。

「うぬっ。」

ぬけがけに怒《おこ》った福島正則《ふくしままさのり》は、いそいで、八百の兵《へい》に銃《じゅう》を撃《う》たせて、宇喜多隊《うきたたい》への突撃《とつげき》を命《めい》じた。

激戦《げきせん》につぐ激戦《げきせん》のすえ、午後《ごご》になり東軍《とうぐん》の大勝利《だいしょうり》が決《き》まったあと、おどろくべきことがおきた。

気勢《きせい》のあがる東軍《とうぐん》のまっただなかに、島津義弘《しまづよしひろ》のひきいる薩摩兵《さつまへい》三百が、しゃにむに突撃《とつげき》してきたのだ。

「なんと。」

家康《いえやす》も、度胆《どぎも》をぬかれた。直政《なおまさ》は「赤備《あかぞな》え」に命《めい》じた。

「それ、島津《しまづ》を逃《に》がすな。」

直政《なおまさ》は、逃《に》げる島津隊《しまづたい》を、「赤備《あかぞな》え」の百騎《き》あまりをひきいて、はげしく追撃《ついげき》した。そして、義弘《よしひろ》の甥《おい》である豊久《とよひさ》を討《う》ちとった。

だが、大将《たいしょう》の義弘《よしひろ》を討《う》ちとろうと、配下《はいか》も追《お》いつけないほどの速《はや》さで、ただ一騎《き》で走《はし》らせていたときに、島津隊《しまづたい》の銃弾《じゅうだん》を肩《かた》にうけて、落馬《らくば》してしまった。

「無念《むねん》、義弘《よしひろ》を逃《に》がしたか。」

直政《なおまさ》は、手負《てお》いの忠吉《ただよし》につきそって、本陣《ほんじん》にもどった。忠吉《ただよし》もかなりの手傷《てきず》を負《お》っていたが、直政《なおまさ》も、肩《かた》に鉄砲傷《てっぽうきず》を負《お》っていた。

「逸物《いちもつ》(すぐれたもの)の鷹《たか》の子《こ》は、さすがに、逸物《いちもつ》でござった。」

と、直政《なおまさ》は、家康《いえやす》に向《む》かって、忠吉《ただよし》のことをほめた。

わが子《こ》をほめられた家康《いえやす》はよろこび、

「それは、鷹匠《たかじょう》の腕《うで》がよいからであろう。」

といって、手《て》ずから、直政《なおまさ》の傷《きず》に薬《くすり》をぬってやった。

家康《いえやす》の前《まえ》からさがると、同《おな》じ場《ば》に、福島正則《ふくしままさのり》がひかえていた。

「これは、左衛門大夫《さえもんのたいふ》どの。」

直政《なおまさ》はいった。

「今日《きょう》のさきがけは、戦《いくさ》の潮合《しおあ》い（ちょうどよいとき）によるもので、貴殿《きでん》をだしぬくつもりなど、毛頭《もうとう》なかったのだ。」

正則《まさのり》は、うなずいた。

「わざわざのおことば、痛《いた》みいる。」

それから、こういった。

「野《の》あわせ（野戦《やせん》）は、だれがはじめなくてはならぬということではなく、はじめに敵《てき》にとりつく者《もの》があったら、そのとき戦端《せんたん》をひらくのがよいのでござる。」

直政《なおまさ》は、深《ふか》くうなずき、その場《ば》を去《さ》った。それから、しばらく歩《ある》いたあとで、ひきかえしてきて、正則《まさのり》にいった。

「そのようにいってくださるのなら、今日《きょう》の一番駆《いちばんが》けは、われらということで、お心得願《こころえねが》いたい。」

それを聞《き》いて、正則《まさのり》は苦《にが》い顔《かお》をした。

——関ヶ原《せきがはら》の先陣《せんじん》は、豊臣恩顧《とよとみおんこ》の福島正則隊《ふくしままさのりたい》ではなく、家康《いえやす》四男《なん》の松平忠吉《まつだいらただよし》と、徳川譜代《とくがわふだい》の井《い》伊直政《いなおまさ》である。

直政《なおまさ》は、まわりに聞《き》こえるように、はっきりと、宣言《せんげん》したのである。


関ヶ原《せきがはら》の戦《いくさ》のあと、直政《なおまさ》は、内政《ないせい》に力《ちから》を発揮《はっき》した。

家康《いえやす》は、西軍《せいぐん》の総大将《そうだいしょう》であった毛利輝元《もうりてるもと》の領地《りょうち》百十二万石《まんごく》を、すべて没収《ぼっしゅう》しようとしたが、直《なお》政《まさ》はけんめいにとりなし、周防《すおう》・長門《ながと》の二か国《こく》を、毛利家《もうりけ》に安堵《あんど》させた。このことで、直政《なおまさ》は、毛利家《もうりけ》に深《ふか》く感謝《かんしゃ》されることになった。

さらには、島津義弘《しまづよしひろ》にたのまれて、徳川《とくがわ》と島津《しまづ》との和平交渉《わへいこうしょう》の仲立《なかだ》ちをした。

「島津《しまづ》をゆるせというのか。」

家康《いえやす》は直政《なおまさ》にたずねた。

「はっ。ぜひに。」

「島津《しまづ》は、そなたに深手《ふかで》を負《お》わせたではないか。その肩《かた》をもつのか。」

直政《なおまさ》はひれふして、いった。

「ははっ。それゆえでござります。」

家康《いえやす》は、はじめは、ゆるそうとはしなかったが、やがて、折《お》れた。

「島津《しまづ》をゆるそう。」

また、直政《なおまさ》は、信濃《しなの》上田《うえだ》城《じょう》の真田昌幸《さなだまさゆき》と幸村《ゆきむら》父子《ふし》の助命《じょめい》も、真田信之《さなだのぶゆき》（幸村《ゆきむら》の兄《あに》）とともにおこなった。

徳川《とくがわ》の天下《てんか》がつづくようにと、直政《なおまさ》がおこなった、こうした、さまざまな功績《こうせき》で、直政《なおまさ》は、三成《みつなり》の領地《りょうち》であった近江《おうみ》佐和山《さわやま》十八万石《まんごく》をあたえられた。

慶長《けいちょう》七年《ねん》（一六〇二年《ねん》）、関ケ原《せきがはら》の戦《いくさ》から、およそ一年半《ねんはん》がたっていた。

二月一日《がつついたち》、関ケ原《せきがはら》での鉄砲傷《てっぽうきず》がいえないままに、直政《なおまさ》は、破傷風《はしょうふう》をおこして、床《とこ》についていた。

直政《なおまさ》は、浅《あさ》い眠《ねむ》りのなかで、きれぎれの夢《ゆめ》を見《み》ていた。

——うおおおおっ。

それは、喚声《かんせい》がとどろく関ケ原《せきがはら》の夢《ゆめ》だった。銃弾《じゅうだん》や矢《や》が飛《と》び交《か》うなか、「赤備《あかぞな》え」をひきいる直政《なおまさ》は、長《なが》い槍《やり》をふりかざして、戦《たたか》っていた。

石田三成《いしだみつなり》と島左近《しまさこん》、宇喜多秀家《うきたひでいえ》と明石全登《あかしたけのり》らと戦《たたか》ったのち、直政《なおまさ》は、東軍《とうぐん》のなかをすさまじい勢《いきお》いで突破《とっぱ》していく島津隊《しまづたい》を追《お》っていた。

——追《お》えっ、追《お》えっ。

直政《なおまさ》は追《お》った。あまりの速《はや》さに家臣《かしん》たちが遅《おく》れてしまい、いつのまにか、直政《なおまさ》は、ただ一騎《き》になり、島津義弘《しまづよしひろ》を追《お》いつづけた。

——待《ま》たぬかっ。

このとき、島津隊《しまづたい》の鉄砲《てっぽう》の弾《たま》が飛《と》んできて、直政《なおまさ》の肩《かた》にあたった。

——うっ。

はげしい痛《いた》みをおぼえて、直政《なおまさ》は、馬《うま》から落《お》ちた。

そのまま、夢《ゆめ》のなかで、直政《なおまさ》は、しずかな深《ふか》い闇《やみ》へ落《お》ちていった……。

こうして、数《かぞ》えきれないほどの死者《ししゃ》たちが横《よこ》たわる、関ヶ原《せきがはら》の夢《ゆめ》を最後《さいご》に、「赤鬼《あかおに》」とおそれられた井伊《いい》直政《なおまさ》は、四十二歳《さい》で、息《いき》をひきとった。

終《お》わり

一六〇〇年《ねん》九月《がつ》十五日《にち》

午前《ごぜん》六時《じ》　両軍《りょうぐん》の布陣完成《ふじんかんせい》

真夜中《まよなか》に行軍《こうぐん》をつづけていた両軍《りょうぐん》の主力部隊《しゅりょくぶたい》が、戦場《せんじょう》の関ヶ原《せきがはら》に集《あつ》まり布陣完成《ふじんかんせい》。

午前《ごぜん》七時《じ》　にらみあい、続《つづ》く

七万《まん》五千を超《こ》える東軍《とうぐん》、八万《まん》を超《こ》える西軍《せいぐん》の各部隊《かくぶたい》は、お互《たが》いの出方《でかた》をうかがう。

午前《ごぜん》八時《じ》　開戦《かいせん》

井伊直政《いいなおまさ》の「赤備《あかぞな》え」三十騎《き》がぬけがけで発砲《はっぽう》し戦闘《せんとう》がはじまる。

午前《ごぜん》九時《じ》　激突《げきとつ》

井伊《いい》のぬけがけに怒《おこ》った福島正則隊《ふくしままさのりたい》が、西軍最大規模《せいぐんさいだいきぼ》の宇喜多《うきた》秀家隊《ひでいえたい》に突撃《とつげき》するなど、両軍《りょうぐん》が激突《げきとつ》する。

午前《ごぜん》十時《じ》　乱戦《らんせん》

この時点《じてん》で、実質《じっしつ》三万《まん》三千ほどしか戦《たたか》いに加《くわ》わっていない西軍《せいぐん》だが、六万《まん》を超《こ》す東軍《とうぐん》の兵《へい》と互角《ごかく》に戦《たたか》いを続《つづ》ける。

午前《ごぜん》十一時《じ》　異変《いへん》

西軍石田三成《せいぐんいしだみつなり》が、松尾山《まつおやま》の小早川秀秋隊《こばやかわひであきたい》と南宮山《なんぐうさん》の毛利秀元隊《もうりひでもとたい》にむけて、攻撃開始《こうげきかいし》の合図《あいず》ののろしをあげても、両隊《りょうたい》は動《うご》かない。あせる三成《みつなり》。

一方《いっぽう》、徳川家康《とくがわいえやす》は、本陣《ほんじん》をより戦場《せんじょう》の中心近《ちゅうしんちか》くにうつす。

大《だい》決《けっ》戦《せん》の一《いち》日《にち》

正午《しょうご》すぎ　**うらぎり**

松尾山《まつおやま》の上《うえ》から戦況《せんきょう》をうかがっていた西軍《せいぐん》の小早川隊《こばやかわたい》がついに動《うご》き出《だ》す。西軍《せいぐん》をうらぎり、味方《みかた》のはずの大谷吉継隊《おおたによしつぐたい》に襲《おそ》いかかる。

午後《ごご》一時《じ》　**西軍《せいぐん》、崩壊始《ほうかいはじ》まる**

小早川秀秋《こばやかわひであき》の裏切《うらぎ》りに続《つづ》き、大谷吉継《おおたによしつぐ》の指揮下《しきか》にいたはずの脇坂《わきざか》・朽木《くつき》・小川《おがわ》・赤座《あかざ》の四隊《たい》が裏切《うらぎ》り、大谷隊《おおたにたい》に向《む》かってくる。吉継《よしつぐ》は最後《さいご》まで奮戦《ふんせん》するが、ついに自刃《じじん》する。大谷隊《おおたにたい》につづき、小西行長隊《こにしゆきながたい》、宇喜多隊《うきたたい》が敗走《はいそう》をはじめ、石田《いしだ》隊《たい》も島左近《しまさこん》が戦死《せんし》し壊滅《かいめつ》する。

午後《ごご》三時《じ》　**脱出《だっしゅつ》**

石田三成《いしだみつなり》が、関ケ原《せきがはら》を脱出《だっしゅつ》し、伊吹山中《いぶきさんちゅう》に逃《のが》れていく。戦《いくさ》にくわわらないでいた島津義弘隊《しまづよしひろたい》もついに、東軍《とうぐん》に囲《かこ》まれるが、東軍《とうぐん》のなかを突破《とっぱ》する形《かたち》で逃《に》げのびる。

午後《ごご》四時《じ》　**敗走《はいそう》**

戦場《せんじょう》に残《のこ》っていた生《い》き残《のこ》りの西軍兵士《せいぐんへいし》たちや、南宮山《なんぐうさん》に残《のこ》り、戦《いくさ》にくわわらなかった西軍《せいぐん》の諸隊《しょたい》も続々《ぞくぞく》と逃《に》げ出《だ》す。開始《かいし》からおよそ八時間《じかん》で、「天下分《てんかわ》け目《め》の決戦《けっせん》」が終《お》わる。

＊著者紹介

小沢章友《おざわあきとも》

1949年、佐賀県生まれ。早稲田大学政経学部卒業。『遊民爺さん』（小学館文庫）で開高健賞奨励賞受賞。おもな作品に『三国志』（全７巻）、『三国志英雄列伝』『飛べ！　龍馬』『織田信長－炎の生涯－』『豊臣秀吉－天下の夢－』『徳川家康－天下太平－』『平清盛－運命の武士王－』『黒田官兵衛－天下一の軍師－』『武田信玄と上杉謙信』『真田幸村－風雲！　真田丸－』『西遊記』（以上、青い鳥文庫）、『プラネット・オルゴール』（講談社）、『夢魔の森』（集英社文庫）、『龍之介地獄変』（新潮社）、『三島転生』（ポプラ社）、『龍之介怪奇譚』（双葉社）などがある。

＊画家紹介

甘塩《あまじお》コメコ

千葉県出身・O型。猫とゲームを愛する絵描き。おもな表紙・挿絵の仕事に「いとをかし！百人一首」シリーズ（集英社）、「ハピ☆スタ編集部」シリーズ（金の星社）、「モンスター・クラーン」シリーズ（KADOKAWA）などがある。

６ページ布陣図作成／大西憲司

講談社　青い鳥文庫　157-14

大決戦《だいけっせん》！　関《せき》ヶ《が》原《はら》
戦国《せんごく》武《ぶ》将《しょう》物語《ものがたり》
小《お》沢《ざわ》章友《あきとも》

2016年8月15日　第1刷発行

（定価はカバーに表示してあります。）

発行者　清水保雅

発行所　株式会社講談社
東京都文京区音羽2-12-21　郵便番号112-8001
電話　編集（03）5395-3536
販売（03）5395-3625
業務（03）5395-3615

N.D.C.913　218p　18cm

装　丁　久住和代
印　刷　図書印刷株式会社
製　本　図書印刷株式会社
本文データ制作　講談社デジタル製作

ISBN978-4-06-285580-8

戦国武将物語

徳川家康
天下太平

小沢章友／作
棚橋なもしろ／絵

—がまんだ。この世《よ》は思《おも》いどおりにならないことばかりだ。だから、がまんするのだ。そうしていれば、いつか道《みち》はひらける。」—。幼《おさな》くして母《はは》と生《い》き別《わか》れ、人質《ひとじち》として苦労《くろう》した少年時代《しょうねんじだい》から、家康《いえやす》はその信念《しんねん》をつらぬいてきた。信長《のぶなが》、秀吉《ひでよし》とも互角《ごかく》に渡《わた》り合《あ》い、戦国時代《せんごくじだい》を終《お》わらせ、260年続《ねんつづ》く太平《たいへい》の時代《じだい》、江戸時代《えどじだい》のいしずえをきずいた家康《いえやす》の生涯《しょうがい》とは!?

「講談社《こうだんしゃ》　青《あお》い鳥文庫《とりぶんこ》」刊行《かんこう》のことば

太陽《たいよう》と水《みず》と土《つち》のめぐみをうけて、葉《は》をしげらせ、花《はな》をさかせ、実《み》をむすんでいる森《もり》。小《こ》鳥《とり》や、けものや、こん虫《ちゅう》たちが、春《はる》・夏《なつ》・秋《あき》・冬《ふゆ》の生活《せいかつ》のリズムに合《あ》わせてくらしている森《もり》。森《もり》には、かぎりない自然《しぜん》の力《ちから》と、いのちのかがやきがあります。

本《ほん》の世界《せかい》も森《もり》と同《おな》じです。そこには、人間《にんげん》の理想《りそう》や知恵《ちえ》、夢《ゆめ》や楽《たの》しさがいっぱいつまっています。

本《ほん》の森《もり》をおとずれると、チルチルとミチルが「青《あお》い鳥《とり》」を追《お》い求《もと》めた旅《たび》で、さまざまな体験《たいけん》を得《え》たように、みなさんも思《おも》いがけないすばらしい世界《せかい》にめぐりあえて、心《こころ》をゆたかにするにちがいありません。

「講談社《こうだんしゃ》　青《あお》い鳥文庫《とりぶんこ》」は、七十年《ねん》の歴史《れきし》を持《も》つ講談社《こうだんしゃ》が、一人《ひとり》でも多《おお》くの人《ひと》のために、すぐれた作品《さくひん》をよりすぐり、安《やす》い定価《ていか》でおおくりする本《ほん》の森《もり》です。その一さつ一さつが、みなさんにとって、青《あお》い鳥《とり》であることをいのって出版《しゅっぱん》していきます。この森《もり》が美《うつく》しいみどりの葉《は》をしげらせ、あざやかな花《はな》を開《ひら》き、明日《あす》をになうみなさんの心《こころ》のふるさととして、大《おお》きく育《そだ》つよう、応援《おうえん》を願《ねが》っています。

昭和《しょうわ》五十五年《ねん》十一月《がつ》

講談社